ERWÄHLTE GEFÄHRTIN

CATAMOUNT LÖWENSHIFTER REIHE
BUCH 2

J.H. CROIX

PROLOG

Vor Jahrhunderten haben sich die Berglöwen in den nördlichen Appalachen immer tiefer in die Berge geflüchtet, um sich zu schützen, als die Menschen immer weiter in ihr riesiges Revier vorgestoßen sind. Sie haben die Fähigkeit entwickelt, sich von einem Menschen in einen Berglöwen und wieder zurück zu wandeln, um ihre Art vor dem Aussterben zu bewahren, während sie unbemerkt weiterleben konnten. So hielten alle Leute diese imposanten Wildkatzen für eine bloße eine Legende. Berichte über Sichtungen wurden als kühne Gerüchte abgetan. Als eine Unmöglichkeit. Bis eines Abends auf einer stark befahrenen Straße ein Auto in der Dunkelheit ein Tier erfasste. Das war die erste bestätigte Sichtung eines Berglöwen im Osten seit fast fünfundsiebzig Jahren. Die Wildkatze verstarb, ihr einzigartiges Leben war von einem Auto ausgelöscht worden. Doch dieser Berglöwe war kein gewöhnlicher Berglöwe. Die Autopsie ergab, dass es sich tatsächlich um einen Berglöwen gehandelt hatte und dass dieser Löwe vermutlich über 2.000 Kilometer von South Dakota aus zurückgelegt hatte – die längste bekannte Wanderung eines solchen Tieres. In Catamount, im Bundesstaat

Maine, lebten die Shifter mitten unter den Menschen und haben ihre Art seit Jahrhunderten erfolgreich geschützt. Bis einer der ihren einen unwahrscheinlichen Tod fand und sie von einer Bedrohung für ihre Art erfahren mussten.

KAPITEL EINS

Jake North schreckte hoch, als die Tür zu seinem Büro aufging. „Hm?", fragte er benommen.

„Ernsthaft, Jake? Hast du letzte Nacht hier geschlafen?"

Jake rieb sich die Augen, fuhr sich mit der Hand durch die Haare und blickte auf, als er Phoebe Devine neben seinem Schreibtisch stehen sah.

„Ich schätze schon", erwiderte er. Dann setzte er sich aufrecht hin und drehte seinen Kopf von einer Seite auf die andere, ein schwacher Versuch, die Verspannungen vom Schlafen in seinem Schreibtischstuhl zu lösen. Als er auf seinen Computer blickte, sah er, dass er noch eingeschaltet war. Auf mehreren Bildschirmen wurden die Suchanfragen angezeigt, an denen er letzte Nacht gearbeitet hatte.

Phoebe schenkte ihm ein sanftes Lächeln und reichte ihm eine Tasse Kaffee in den unverwechselbaren hellblauen Mitnehmbechern von Roxanne's Country Store. Er nahm ihn dankbar an und genehmigte sich sofort einen Schluck, der vollmundige Geschmack tat ihm gut.

„Danke", sagte er. „Wem verdanke ich dieses morgendliche Geschenk?"

Phoebe ließ sich auf den Stuhl auf der gegenüberliegenden Seite seines Schreibtischs sinken. „Ich dachte, ich schaue mal vorbei, weil dein Auto unter einem halben Meter Schnee begraben ist. Ich dachte, du wärst länger geblieben und bist dann eingepennt." Sie hielt inne, ihre dunkelbraunen Augen blickten besorgt. „Seit Callen gestorben ist, hast du so schwer an den Ermittlungen geackert. Ich weiß, wie wichtig die Sache ist, aber ich mache mir Sorgen um dich. Es würde dir nicht schaden, ab und zu mal eine Pause einzulegen", meinte sie sanft.

Jake nahm noch einen Schluck Kaffee und betrachtete Phoebe über seinen Schreibtisch hinweg. Sie war eine gute Freundin. Eine der wenigen Freunde, denen er noch vertrauen konnte, nachdem in Catamount, einer Gemeinde in den Wäldern von Maine, durch die der Appalachian Trail führt, eine Nachricht wie eine Bombe eingeschlagen war. Vor etwas mehr als einem Monat war ein Berglöwe auf einem Highway in Connecticut getötet worden. Wie sich herausstellte, war der betreffende Berglöwe ein Shifter aus Catamount – Callen, ein Shifter aus einer alten Familie von Gestaltwandlern. Jakes Familie war genauso alt und traditionsreich wie die von Callen. Beide gehörten zu den Gründerfamilien von Catamount, einer der ältesten und am besten geschützten Shifterhochburgen im Osten.

Als ob Callens Tod nicht schon erschütternd genug gewesen wäre, hatte Jake auf Bitten von Callens Schwager Dane, der zufällig auch Jakes engster Freund war, begonnen, sich in Callens E-Mail-Konten umzusehen. Jakes Spezialgebiet waren Computer, insbesondere das Schreiben von Code und Hacking. Die meisten seiner Hackeraktivitäten waren harmlos, aber bei Bedarf konnte er fast alles aufspüren. In diesem Fall war er sich nicht sicher, ob das eine gute Sache war oder nicht. Er wusste zwar immer noch nicht, warum Callen auf dem Highway umgekommen war, aber er wusste, dass Callen organisiert hatte, dass die Catamount Shifter von jemandem im Westen für den Drogenschmuggel eingesetzt worden waren. Diese Tatsache war an die Öffentlichkeit gelangt, nachdem Danes frischgebackene Verlobte Chloe letzte Woche entführt worden war, um sie als Druckmittel zu benutzen. Chloe war jetzt in Sicherheit, aber niemand wusste, wem man trauen konnte, denn es war klar, dass Callen nicht allein gearbeitet hatte.

Während die Gemeinschaft der Shifter noch ganz unter den Folgen von Callens Tod litt, mussten sie sich jetzt mit einem erdrückenden Gefühl von Verrat und Angst auseinandersetzen. In der geheimnisvollen Welt der Shifter war es schon schwer genug, Vertrauen zu gewinnen. Da die Sicherheit und der Fortbestand der Shifter auf dem Spiel standen, hatte Jake in den letzten Wochen unermüdlich gearbeitet. Jahrhundertelange Sicherheit für Shifter stand durch Callens Verrat auf dem Spiel. Jake betrachtete Phoebe und nahm ihre dunklen Augen und langen dunklen Locken in Augenschein. Besorgnis lag in ihrem Blick. Er seufzte. „Ich weiß, ich weiß. Ich sollte eine Pause einlegen, aber wir müssen doch dieser Sache auf den Grund gehen. Nach dem, was mit Chloe passiert ist ...“

„Hör auf“, unterbrach Phoebe ihn. „Wir alle wissen doch, dass die Catamount Shifter sich derzeit in großer Gefahr befinden, daran werden auch ein paar Stunden Schlaf nichts ändern. Außerdem nützt du niemandem, wenn du kaum die Augen offen halten kannst.“

Jake grinste. „Stimmt. Nachdem ich letzte Nacht nicht gut geschlafen habe, glaubst du mir hoffentlich, wenn ich dir verspreche, heute Abend um sieben das Büro zu verlassen und nach Hause zu gehen?"

Phoebe schüttelte den Kopf. „Nein. Ich hole dich hier ab und sorge dafür, dass du wirklich verschwindest. Du isst heute Abend nämlich bei mir zu Hause. Und nachdem du anständig gegessen hast, sorge ich dann dafür, dass du nach Hause gehst."

Er gluckste. „Du traust mir nicht mal zu, dass ich danach nach Hause gehe?"

Phoebe lächelte breit. „Ganz bestimmt nicht. Ich kenne dich doch. Du würdest dich selbst dazu überreden, zurück ins Büro zu fahren, sobald du eine anständige Mahlzeit zu dir genommen hast. Du brauchst Schlaf und ich bin fest entschlossen, dafür zu sorgen, dass du den auch bekommst. Dafür sind Freunde doch da", erklärte sie entschlossen.

Er wurde von Erleichterung und Dankbarkeit übermannt. Er hatte sich so sehr angestrengt, dass er sich nicht mal daran erinnern konnte, wann er das letzte Mal etwas Anständiges gegessen hatte. Gestern hatte er sogar das Thanksgiving-Dinner ausgelassen, weil er sich mit den Akten von einem von Callens Kontakten in Montana beschäftigt hatte.

„Wohnt Shana eigentlich noch bei dir?", fragte er.

Shana war Danes jüngere Schwester, Callens Witwe und Phoebes beste Freundin. Sie war völlig am Boden zerstört gewesen, als sie erfahren hatte, was Callen vorgehabt hatte. Shana war ebenfalls eine Shifterin und stammte aus einer Gründerfamilie in Catamount. Sie hatte damit zu kämpfen, dass der Mann, den sie liebte, die gesamte Shiftergemeinschaft in Catamount in Gefahr gebracht hatte, indem er preisgegeben hatte, wer, was und wo sie waren. Und was noch schlimmer war: Er hatte vorgehabt, Geld mit ihnen zu machen. Seit sie erfahren hatten, was mit Callen passiert war, wohnte Shana bei Phoebe.

Phoebe schüttelte den Kopf. „Sie hat gesagt, dass sie sich dem stellen muss, was passiert ist. Also ist sie in das alte Gästehaus auf Danes Grundstück gezogen. Sie war fast jeden Tag hier, aber sie wohnt nicht mehr bei mir."

Jake nickte. Nach einem weiteren Schluck Kaffee stand er auf und streckte sich. „Wie wäre es, wenn ich dich zum Frühstück einlade?"

„Nur wenn du mir versprichst, heute Abend zum Essen zu kommen und danach nach Hause zu fahren."

Jake konnte sich ein Lächeln nicht verkneifen. Phoebe war eine wahre Kämpfernatur, wenn es um ihre Freunde ging. „Versprochen", versicherte er entschieden.

———

Phoebe strich abwesend mit dem Finger über den Rand ihres Weinglases. „Glaubst du, dass der Typ vom Fish and Wildlife Service in Montana nun eine schlechte Nachricht ist oder nicht?"

Jake zog eine Augenbraue hoch. „Das Problem ist, dass mein Gefühl mir sagt, dass er ein guter Kerl ist, aber die Hinweise im Computer sind nicht besonders erbaulich. Er war einer der wichtigsten Ansprechpartner für Callen da draußen."

„Warum glaubst du dann, dass er ein guter Kerl ist?"

Jake zuckte mit den Schultern. „Dafür gibt es keinen guten Grund." Er konnte es nicht genau sagen, aber der betreffende Mann schien Callen von etwas abgehalten zu haben, das er eigentlich vorgehabt hatte.

Es gab nur sehr schwammige Hinweise, aber Jake hatte nicht den Eindruck, dass der Mann mit Callen unter einer Decke steckte.

Phoebe schürzte ihre Lippen. „Dann kannst du ihm wohl nicht trauen."

Jake schmunzelte. „Die Liste der Leute, denen ich vertraue, ist im Moment sehr kurz. Da kommt niemand drauf, den ich nicht vorher gründlich überprüft habe. Abgesehen von dir sind meine Eltern, meine Schwester, Dane, Shana und Roxanne die einzigen Leute, die auf dieser Liste stehen."

Phoebe seufzte und strich sich die Haare aus dem Gesicht. Jake hatte sie tatsächlich im Büro getroffen und war zum Abendessen zu ihr nach Hause mitgekommen. Er hatte nicht widersprochen, als sie darauf bestand, dass er in ihrem Auto mitfuhr. Sie sah ihn über den Tisch hinweg an und ihr Herz zog sich vor Sorge zusammen. Jake war einer ihrer besten Freunde. In der Highschool war sie furchtbar in ihn verknallt gewesen, mit seinen goldbraunen Haaren, seinen strahlend blauen Augen, seinem ebenmäßigen Gesicht und einem Körper, für den es sich zu sterben lohnte. Phoebe hatte nicht gewagt, sich vorzustellen, dass er jemals etwas anderes als ein Freund sein könnte. Sie war keine Shifterin, und Jake stammte aus einer der ältesten Shifterfamilien der Stadt. Phoebe hatte Cousins und Cousinen, die Shifter waren, und so waren ihre Eltern nach Catamount gekommen, aber sie selbst gehörte nicht dazu. Deshalb hatte sie ihrem Highschool-Schwarm Adieu gesagt, während Jake einer ihrer engsten Freunde geworden war.

Im schummrigen Licht der Kerzen kam der katzenhafte Ausdruck seiner Gesichtszüge noch deutlicher zum Vorschein. Seine tiefblauen Augen waren schräg gestellt und sein sinnlicher Mund verzog sich, als sie aufstand, um die Teller abzuräumen.

„Das kann doch ich erledigen", meinte er und begann aufzustehen.

Sie legte ihm eine Hand auf die Schulter. „Setz dich."

Er gluckste. „Es wird mich nicht umbringen, meinen Teller in die Spülmaschine zu bringen."

Phoebe öffnete den Geschirrspüler und räumte das Geschirr schnell ein. Als sie sich wieder umdrehte, stellte sie fest, dass Jake direkt hinter ihr stand. „Oh! Ich habe dich gar nicht gehört." Sie versuchte, ihren Puls unter Kontrolle zu kriegen, aber der raste unaufhörlich. Er war ihr viel zu nah gekommen, als dass sie sich hätte beruhigen können.

Er verzog den Mund, als er ihr das Weinglas hinhielt. Sie nahm es ihm ab. „Ich war noch nicht fertig."

Er erwiderte nichts, sondern lehnte sich gegen die Arbeitsplatte. In der kleinen Küche wirkte er schier übermächtig. Er musterte sie. „Ich habe mein Versprechen gehalten."

Sie war sich nicht sicher, was mit ihr los war, aber Jake setzte ihre Sinne außer Kraft und brachte ihren Körper zum Ausrasten. Nachdem sie sich jahrelang angewöhnt hatte, daran zu denken, dass er nie etwas anderes als ein Freund sein würde, und ihren Körper in seiner Nähe unter strenger Kontrolle hielt, war es plötzlich, als hätte sie völlig vergessen, wie hoffnungslos es war, sich auf ihn einzulassen. Und oh, wie sehr sie ihn begehrte. In diesem Augenblick, in der schummrigen Küche, kribbelte es in ihrem Bauch und durchfuhr ihren Körper. Das Verlangen bohrte sich tief in ihre Haut. Ihr Herz schlug wild, ihr Gesicht errötete.

In der Hoffnung, dass ihr Gesichtsausdruck gefasst war, sah sie zu Jake auf. „Das hast du. Aber das war's noch nicht."

Seine blauen Augen betrachteten sie. Wenn sie es nicht besser gewusst hätte, hätte sie geglaubt, Verlangen in ihnen zu erkennen. Aber das war unmöglich, also ließ sie diesen Gedanken erst gar nicht zu.

„Noch nicht?"

Sie schüttelte den Kopf und versuchte verzweifelt, bei Verstand zu bleiben, während ihr Puls pochte und ihr Körper sich anfühlte, als würde er von einer magnetischen Kraft zu ihm gezogen werden. „Du musst nach Hause und schlafen. Heute Nacht wird nicht gearbeitet. Das war das Versprechen." Sie war völlig außer Atem und schaffte es kaum, ihre Stimme unter Kontrolle zu halten.

Du musst damit aufhören. Jake ist tabu. Du hattest doch alles im Griff. Raste jetzt bloß nicht aus.

Phoebe fühlte sich innerlich verzweifelt. Sie musste sich wieder fangen. Jake stieß sich von der Theke ab und trat einen Schritt auf sie zu, sodass er sich direkt vor ihr befand. Die Hitze seines Körpers zog sie in ihren Bann. Sie versuchte, ihren Herzschlag zu beruhigen, aber ihr Körper schien ihren Verstand gar nicht wahrzunehmen. *Du drehst noch total durch wegen dieses furchtbaren Schlamassels. Du hast einfach nur Angst. Genau so ist es. Nach dem, was mit Chloe passiert ist, hast du Angst um alle in der Stadt, besonders um die Shifter. Jake hätte sich verletzen können, als er Dane dabei geholfen hatte, Chloe zu retten. Mehr ist da nicht. Deine Gefühle spielen bloß verrückt.*

Nach diesen Überlegungen gelangte Phoebe zu der naiven Annahme, dass die Hitze in ihr nachlassen, dass sich ihr Puls verlangsamen würde und dass sie Jake ansehen könnte, ohne dahinzuschmelzen. Doch als sie in seine dunkelblauen Augen schaute, stieg die Hitze in ihr auf. Das Verlangen, das sie jahrelang irgendwie unter Kontrolle gehalten hatte, tobte durch ihren Körper. Ihr Herz pochte so stark, dass sie fürchtete, er könnte es hören.

Sie biss sich auf die Lippe und schloss die Augen. Als sie Jake leise fluchen hörte, flogen sie auf. In dem Augenblick, in dem sie die Augen wieder aufgeschlagen hatte, landeten seine Lippen auf den ihren. Sie war verloren. Er küsste sie leidenschaftlich und ließ seine Zunge in ihren Mund gleiten, als sie nach Luft schnappte. Sie hätte genauso gut auf der Stelle in Flammen aufgehen können. Die jahrelange Verdrängung verlieh Jakes Berührung eine tiefe Kraft. Sein Kuss zwang sie fast in die Knie. Einer seiner starken Arme legte sich um sie, glitt in einer hitzigen Liebkosung ihren Rücken hinunter und umfasste ihren Po, um sie an sich zu ziehen. Der harte, heiße Beweis seiner Erregung drückte sich in ihre Hüften.

Feuchte Hitze stieg in ihr auf und durchtränkte sie mit Verlangen. Jake küsste sie einfach weiter – feurige, innige, tiefe Küsse. Ihre Zungen verschränkten sich miteinander. Sie schnappte nach Luft, als er seinen Mund von ihrem löste und sich einen Weg über ihren Hals bahnte. Ihr Name drang in einem leisen Singsang zwischen Küssen und Kniffen über seine Lippen. Rasch knöpfte er ihre Bluse auf und hielt einen langen Augenblick inne, als er die schwarze Spitze ihres BHs erreichte. Ihre Brustwarzen drückten dagegen, sie waren hart und schmerzten vor Verlangen.

Sie konnte kaum noch atmen, aber sie musste dem Ganzen unbedingt ein Ende bereiten. Es durfte nicht weitergehen, sonst würde sie es nicht ertragen können, wenn Jake feststellte, dass dies ein Fehler war, ein Irrtum.

„Jake", flüsterte sie entschlossen. „Wir müssen aufhören."

Seine Augen waren auf ihre Brüste geheftet. Phoebe wollte einen Schritt zurücktreten, aber hinter ihr befand sich der Tresen. Also hob sie ihre Hände und zog ihre Bluse zurecht, ohne den drängenden Aufschrei ihres Körpers auch nur im Geringsten zu beherzigen.

„Jake." Sie wiederholte seinen Namen und zuckte bei dem Anflug von Traurigkeit in ihrer Stimme zusammen.

Er hob seinen Blick und sah sie an.

———

Jake betrachtete Phoebe und versuchte, sich einen Reim auf das alles zu machen. Sie hatte sich so gut angefühlt, so verdammt gut. Er hatte sie schon so lange begehrt und war es leid, sich das immer wieder zu verweigern. Dennoch hatte er nicht ahnen können, wie überwältigend es sich anfühlen würde, sie zu berühren, sie zu küssen, zu spüren, wie sie sich unter seiner Berührung wand und in seinen Armen lebendig wurde. Die Katze in ihm regte sich, die Tiefe seines ursprünglichen Verlangens war eine lebendige, atemberaubende Kraft, die er kaum im Zaum halten konnte.

Wieder nannte Phoebe seinen Namen, und in ihrer Stimme lag der leiseste Hauch von Traurigkeit. Am liebsten hätte er sie an sich gezogen und ihr versichert, dass es keinen Grund gab, traurig zu sein. Diese Kraft zwischen ihnen beiden war so ziemlich das einzig Richtige und Wahre in seinem Leben. Aber er hatte sein Verlangen nach ihr so viele Jahre lang aus gutem Grund verleugnet. Als sie jünger gewesen waren, hatte er sie nicht ausnutzen wollen. Aber das war nur ein Grund gewesen, sich von ihr fernzuhalten. Er war als Shifter unter Menschen aufgewachsen. Shifter hatten nur überlebt, indem sie sich den Menschen angepasst hatten. Seine Familie hatte Geschichten über Generationen von Shiftern erzählt, die um ihr Überleben gekämpft hatten, bis ihre Zahl so groß war, dass sie beruhigt durchatmen konnten. Auch wenn das nie ausdrücklich betont worden war, war Jake in der Annahme aufgewachsen, dass er sich in eine andere Shifterin verlieben würde. Dann hatte er sich im College dummerweise in Naomi verknallt und festgestellt, in was für einer Katastrophe es für Shifter enden kann, wenn sie sich in Menschen verlieben. Eine einzige verpatzte Collegebeziehung hatte zu vielen verhängnisvollen Überlegungen geführt. Er hatte sich geschworen, eine Beziehung mit einer Frau, die keine Shifterin war, nicht einmal in Betracht zu ziehen. *Aber Phoebe ist anders. Das weißt du ganz genau.*

Er konnte sich kaum zurückhalten, sie weiter anzustarren. Seit Jahren träumte er von ihr. Ihre üppigen Brüste drückten gegen die schwarze Spitze ihres BHs, ihre Nippel waren steif. Ein Hauch von Rosa lugte durch die Spitze zu ihm durch. Als er ihr in die Augen blickte, erkannte er, dass sie ihn ebenfalls begehrte. Er wusste schon seit Jahren, dass sie ihn genauso sehr wollte wie er sie. Sie zogen diese Freundschaftsnummer schon so lange ab, dass sie zu wahren Experten darin geworden waren. Aber jetzt, wo er sie gekostet hatte, konnte er nicht mehr aufhören. Jedenfalls nicht sofort.

Während er ihren Blick festhielt, schob er seinen Daumen unter den Verschluss zwischen ihren Brüsten. Mit einem Schnalzen öffnete sich die Spitze und ihre Brüste lagen frei vor ihm. Sie keuchte auf, ihre dunklen Augen weiteten sich. Sein Blick fiel auf sie und sein Puls pochte in seinen Ohren. Ihre Brüste waren rund und voll, die Nippel zartrosa. Er wurde von seinem Instinkt angetrieben. Behutsam schlang er seine Hände um sie und rieb mit den Daumen über ihre Brustwarzen. Ihr Atem kam in rasenden Stößen. Schließlich gab er nach und beugte sich vor, um eine Brustwarze in den Mund zu nehmen. Ihr spitzer Schrei brachte seinen Kater dazu, leise unter seiner Haut zu knurren.

Als er sich zurückzog, waren beide Nippel feucht und schimmerten im schwachen Licht der Küche. Das tiefe Verlangen nach ihr zog ihn in seinen Bann. Er richtete seinen Blick wieder auf sie.

„Jake", flüsterte sie. „Wir müssen damit aufhören."

Ausnahmsweise wollte er nicht auf seine verbitterte Seite hören, die ihm jahrelang eingebläut hatte, dass er niemals eine Frau lieben könnte, die keine Shifterin war. Weil sie es nicht verstehen könnten, würden sie ihn und seine Art verraten. Bei Phoebe jedoch wusste er, dass das nicht stimmte. Er vertraute ihr voll und ganz.

Langsam schüttelte er den Kopf. „Aber das tun wir nicht. Ich weiß doch genau, dass du das hier genauso sehr willst wie ich", flüsterte er.

Phoebe stand vor ihm, ihre Brüste hoben und senkten sich mit ihrem raschen Atem. Ihre dunklen Haare fielen ihr in losen Locken um die Schultern. Ratlosigkeit und Kummer blitzten in ihren Augen auf. „Ich verstehe überhaupt nicht, was hier eigentlich abgeht", stellte sie fest.

„Wir tun endlich das, was wir beide schon seit Jahren tun wollten." Er strich mit seinen Händen über ihre Schultern und über ihre Arme, bis seine Hände an ihren Ellbogen zur Ruhe kamen. Er begehrte sie so sehr, dass er wusste, wenn er das nicht zulassen würde, sobald sie sich bereit fühlte, würde das ihre Freundschaft zerstören und jede Aussicht auf das vereiteln, was er sich selbst so lange vorenthalten hatte. Ein kleiner, verbitterter Teil seines Verstandes machte ihn darauf aufmerksam, dass er hier gegen seine eigenen Regeln verstieß und das später vermutlich noch bereuen würde.

„Das wolltest du schon seit Jahren tun?", fragte Phoebe.

Jakes Herz krampfte sich zusammen. Er hatte seine Gefühle so gut verborgen, dass nicht einmal sie etwas davon mitbekommen hatte. Langsam nickte er. „Ja."

Sie musterte ihn und ließ ihren Blick über sein Gesicht gleiten. Dann streckte sie ihre Hand aus und strich ihm vorsichtig über die Stirn, wobei ihr Finger langsam über seine Wange glitt, bevor sie sich wieder von ihm löste. Ihre Berührung war wie ein Pfad aus Feuer.

„Oh", brachte sie hervor.

Dann schlüpfte sie zwischen seinem Körper und dem Tresen hervor. Sie zog ihre Bluse um die Schultern hoch und hielt die Kanten vor ihren Brüsten zusammen. Er musste sich auf die Lippen beißen, um zu verhindern, sie anzuflehen, sich nicht vor ihm zu verstecken. Aufmerksam beobachtete er sie, während ihn die Lust in Wellen durchströmte. Aber bei Phoebe war es nicht nur Lust. Er liebte sie, schon seit Jahren, und er hatte sich selbst dazu verdammt, das auszublenden, um sie als Freundin zu behalten. Die Liste der Gründe – anfangs war sie zu jung gewesen, dann war sie keine Shifterin, was ihm zu schaffen gemacht hatte – erschien ihm jetzt bedeutungslos. Das Einzige, was zählte, war das Brummen der elektrischen Spannung, die sich zwischen ihnen ausbreitete.

In ihren Augen spiegelten sich Verblüffung und Sorge. „Jake, das ist ... eine Menge. Du bist einer meiner besten Freunde und du hast jahrelang betont, dass du nie mit einer Frau zusammen sein würdest, die keine Shifterin ist. Und ich bin nun mal keine Shifterin. Ich kann unsere Freundschaft nicht wegen einer Nacht riskieren, in der du übermüdet bist und nicht klar denken kannst. Denn wenn wir jetzt weitermachen, weiß ich nicht, ob wir jemals wieder umkehren können."

Er schloss die Augen und atmete tief ein, um seinen Körper unter Kontrolle zu bringen. Er wollte nicht aufhören, aber er wusste, dass sie einen guten Grund hatte. Er war mehr als müde und fühlte sich durch die jüngsten Ereignisse innerlich aufgewühlt. Schließlich öffnete er seine Augen und begegnete ihrem Blick. Er trat einen weiteren Schritt auf sie zu und blieb wieder vor ihr stehen. Dabei strich er ihr eine Haarlocke aus den Augen und klemmte sie hinter ihr Ohr.

„Einverstanden. Wir machen das heute Abend auf deine Art. Ich bin zwar hundemüde, aber das ändert auch nichts an der Tatsache, dass ich dich schon viel zu lange begehre."

Phoebe hielt seinem Blick stand, und in ihren Augen blitzte Unsicherheit auf. Sie nickte langsam. „Du wirst wahrscheinlich zur Vernunft kommen, wenn du etwas geschlafen hast", meinte sie verschmitzt.

Jake fuhr mit seinem Finger über ihre Lippen und genoss ihren stockenden Atem. „Ich bin jetzt endlich zur Vernunft gekommen. Glaub mir. Das ist erst der Anfang."

KAPITEL ZWEI

Phoebe lief zu ihrem Auto, der Schnee knirschte bei jedem Schritt unter ihren Füßen. Letzte Nacht war wieder Schnee gefallen. Die Wälder in Maine waren im Winter wunderschön, fast wie aus einer anderen Welt. Die Zweige der Balsambäume und Zedern waren schwer mit Schnee bedeckt. Die kahlen Äste von Eichen, Ulmen und anderen Harthölzern hoben sich deutlich vom Himmel ab. Ein paar widerspenstige Blätter hingen an den Bäumen, deren Farbe verblasst war, obwohl sie sich leuchtend von dem weißen Hintergrund abhoben. Sie hielt an ihrem Auto inne und sah sich um. Der Schnee verlieh dem Wald eine sanfte, gedämpfte Stimmung. Eine Krähe rief etwas, eine andere antwortete schnell, ihre Stimmen waren in der Stille deutlich zu hören. Die Sonne stand hoch am Himmel und der Schnee schimmerte dort, wo ihr Licht sie berührte.

Auf dem Weg zur Arbeit dachte sie an die letzte Nacht mit Jake zurück. Sie hatte ihn nach Hause gefahren, und im Auto hatte es zwischen ihnen mächtig gefunkt. Sie war immer noch fassungslos über das, was passiert war. Nachdem sie ihre Gefühle für ihn jahrelang in eine winzige Ecke ihres Herzens geschoben hatte, um sie nie zu ergründen oder darauf zu reagieren, hatte er die Tür zu dieser verborgenen Ecke aufgestoßen. Sein Kuss, das Gefühl seiner Hände auf ihrem Körper und seine Worte waren aufregend und erschreckend zugleich. Sie konnte sich kaum vorstellen, dass er sie seit Jahren begehrte, obwohl er das beteuerte. Ein Teil von ihr wollte unbedingt annehmen, was er ihr anbot. Ein anderer Teil von ihr hatte Angst, dass sie einen ihrer besten Freunde verlieren würde, wenn sie ihrem Verlangen nachgab. Jahrelang hatte sie Jakes überzeugte Erklärungen vernommen, dass es für ihn undenkbar wäre, mit einer Frau zusammen zu sein, die keine Shifterin war.

Aber, oh, wie sehr sie ihn wollte. Zu hören, dass er es leid war, sich zu verleugnen, war Musik in ihrem Herzen. Schließlich war sie am Krankenhaus angekommen und eilte hinein. Sie hatte verschlafen, nachdem sie sich den Großteil der Nacht hin und her gewälzt hatte. Die Begegnung mit Jake hatte sie elektrisiert und ihr Herz und ihre Gedanken hatten sich in wilden Kreisen gedreht, bis sie schließlich erschöpft in den Schlaf gefallen war.

„Hey Rosie", rief Phoebe, als sie an der Schwesternstation vorbeikam und sich durch die Schwingtür in den Pausenraum schob.

„Hey, Kleine!", ertönte Rosies Stimme hinter ihr.

Phoebe zog rasch ihre Jacke aus und verstaute sie in ihrem Spind. Ihre Winterstiefel tauschte sie gegen praktische Clogs aus. Sie war gerade dabei, sich die Haare zum Zopf zu flechten, als Rosie ein paar Minuten später den Raum betrat. Rosie trat an den kleinen runden Tisch in der Mitte des Zimmers und ließ sich mit einem Seufzer nieder.

„Es ist noch nicht mal neun, und ich bin schon total kaputt. Ich habe dir einen Kaffee mitgebracht", verkündete Rosie.

Phoebe schlang ein Gummiband um das Ende ihres Zopfes und setzte sich zu Rosie an den Tisch.

„Oh, du hast mir nicht nur Kaffee mitgebracht, sondern sogar meinen Lieblingskaffee von Roxanne's. Vielen Dank!" Phoebe nahm einen Schluck von Roxannes vollmundigem Kaffee, schloss die Augen und genoss den Geschmack. Dann öffnete sie sie und blickte zu Rosie hinüber. Rosie war eine gute Freundin. Sie hatten einander in der Krankenpflegeschule kennengelernt. Rosie war in einer nahe gelegenen Stadt aufgewachsen und nach Catamount gezogen, als sie eine Stelle im örtlichen Krankenhaus angenommen hatte. Sie war wie Phoebe mit einigen Shiftern verwandt, aber sie war selbst keine. Rosie hatte kurzes, lockiges, goldenes Haar und strahlend blaue Augen. Sie sah süß und unschuldig aus, aber ihr verschmitztes Lächeln verriet ihren durchtriebenen Sinn für Humor.

Rosie fuhr sich mit der Hand durch ihre Locken und sah Phoebe an. „Hast du schon irgendwas von Shana gehört?"

Phoebe schüttelte den Kopf. Es gefiel Phoebe, dass sie mit zwei ihrer engsten Freundinnen, Rosie und Shana, zusammenarbeiten konnte. Aber in letzter Zeit machten sie und Rosie sich vor allem Sorgen um Shana und wussten nicht, wie sie ihr helfen konnten, außer einfach für sie da zu sein. Shana war noch nicht zur Arbeit zurückgekehrt, seit ihr Mann, ein Shifter, auf einem Highway in Connecticut aus ungeklärten Gründen ums Leben gekommen war. Nachdem sie einige Wochen bei Phoebe gewohnt hatte, hatte Shana darauf bestanden, wieder auf eigenen Füßen zu stehen und war in ein kleines Gästehaus auf dem Grundstück ihres Bruders gezogen.

„Sie kommt morgen vorbei", verkündete Rosie. „Ich hoffe, dass es ihr guttut, sich mal mit etwas anderem zu beschäftigen als mit Callens Tod und allem anderen, was sonst so vorgefallen ist."

„Ich schätze, es wird ihr helfen. Sie muss mal eine Weile abschalten. Ich wünschte, dieser Schlamassel würde sich von selbst erledigen, aber es sieht nicht so aus, als würde das in nächster Zeit passieren."

Rosie schüttelte langsam den Kopf. „Soweit ich das beurteilen kann, hat der Ärger gerade erst angefangen."

„Wie viel schlimmer kann es denn noch werden?"

Rosie warf ihr einen strengen Blick zu. „Ähm, mal sehen. Callen ist auf einem Highway in Gestalt eines Berglöwen ums Leben gekommen. Keiner weiß, warum er sich nicht zurückgewandelt hat. Dann stolpert Jake über die Nachricht, dass Callen mit Gott weiß wem zusammengearbeitet hat, um die Dienste der Shifter aus Catamount für den Drogenschmuggel anzubieten. Als wäre das nicht schon schlimm genug, wird dann auch noch Chloe von einem Shifter von außerhalb und Callens kleinem Bruder entführt. Und dabei dürfen wir nicht vergessen, dass Chloe zufällig die Frau ist, in die sich Dane Hals über Kopf verliebt hat. Dane stammt aus einer der ältesten bekannten Shifterfamilien in Catamount und ist Shanas Bruder. Er ist so dicht an der Sache dran, dass ich nicht weiß, wie er den Druck aushält. Zum Glück haben Dane und Jake die Entführung von Chloe so schnell aufgeklärt. Wenn du dich also fragst, wie viel schlimmer es noch werden könnte, dann fürchte ich, dass wir noch einen weiten Weg vor uns haben, bis die Sache ausgestanden ist."

Phoebe stöhnte auf. „Ich weiß, ich weiß, ich weiß. Ich habe ja versucht, mich davon zu überzeugen, dass es nicht noch schlimmer werden kann. Aber die ganze Sache ist ziemlich übel. Ich wünschte, ich könnte etwas tun, um zu helfen.“

Rosie nippte an ihrem Kaffee. „Sei weiterhin die gute Freundin, und sei einfach da. Shana braucht dich und Jake auch.“

Da piepste die Gegensprechanlage. „Gebt mir doch bitte ein kurzes Update von der Visite heute Morgen“, bat Phoebe und bezog sich dabei auf die morgendliche medizinische Visite, die vor ihrem Schichtbeginn stattfand.

Nach einer Zusammenfassung, die nichts Ungewöhnliches enthielt, ließ Rosie eine kleine Bombe platzen. „Oh, und der Neue hier – wir glauben, er ist ein Shifter und versucht, das zu verheimlichen.“

Unruhe machte sich breit. „Wovon redest du?“, fragte Phoebe zischend.

Rosie blickte sich hastig um. „Ein neuer Patient. Er behauptet, er macht hier Urlaub und hat Schmerzen in der Brust. Aber für mich fühlt er sich wie ein Shifter an. Er liegt im Zimmer am Ende des Flurs. Sieh doch mal nach ihm und lass mich wissen, was du denkst.“

Obwohl Phoebe am liebsten sofort den Flur hinuntergelaufen wäre und den Mann, den Rosie erwähnt hatte, sofort untersucht hätte, zwang sie sich, sich möglichst unauffällig zu verhalten. Nachdem sie wie üblich bei ihren Patienten vom Vortag vorbeigeschaut hatte, begab sie sich ans Ende des Flurs. Den besagten Mann fand sie im Bett sitzend vor, wo er sich eine Kochsendung im Fernsehen ansah. Auf den ersten Blick hätte sie vermutet, dass er ein Shifter war. Obwohl sie selbst keine Shifterin war, hatte sie ihr ganzes Leben in Catamount unter ihnen verbracht. Da waren die offensichtlichen Anzeichen, wie die katzenartigen Augen und der katzenhafte Ausdruck in seinem Gesicht. Aber es gab auch weniger eindeutige Merkmale, wie zum Beispiel die Art, wie der Mann im Bett lag und wie er sie ansah. Blitzartig erinnerte sie sich an Jakes leuchtend blaue Augen, als er sich gestern Abend von ihrem Kuss zurückgezogen hatte – dunkel vor Leidenschaft und so gebannt, dass es ihr einen Schauer über den Rücken jagte, wenn sie bloß daran dachte.

„Nun?", fragte der Mann.

Phoebe erkannte, dass sie weggetreten gewesen war, und sie richtete ihre Aufmerksamkeit wieder auf den Mann. Er hatte dunkelblondes Haar und schiefergraue Augen. Sie deutete auf seine Krankenakte neben dem Bett und überprüfte seine Vitalwerte. Der Name auf der Karte lautete Paul Malone, aber Phoebes Lügenradar war so stark, dass sie bezweifelte, dass das wirklich sein Name war. Nichtsdestotrotz ...

„Also Paul, wie fühlen Sie sich heute?", fragte Phoebe, als sie seine Blutdruckwerte in die Tabelle eintrug.

„Ganz gut, denke ich. Gestern war ziemlich gruselig."

Phoebe ließ sich von dem Mann eine grobe Beschreibung seines körperlichen Zustands geben, was ihre Zweifel daran verstärkte, dass ihm tatsächlich etwas fehlte. Aber sie hörte zu und betrachtete ihn, während sie sich fragte, ob Rosies Verdacht wohl begründet war und wenn ja, was er mit seiner Einlieferung ins Krankenhaus bezwecken wollte. Phoebes größte Sorge war, dass er auf der Suche nach einer Auskunft über einen der vielen Shifter war, die im Krankenhaus arbeiteten. Shana war Krankenschwester und ihr Bruder Dane war einer der Ärzte in der Notaufnahme. Die beiden waren nur zwei von vielen Shiftern, die die ganze Woche über im Krankenhaus ein und aus gingen.

„Sie haben doch gesagt, dass Sie Catamount besuchen. Wie lange haben Sie denn vor, hierzubleiben?", fragte Phoebe, nachdem Paul zu Ende gesprochen hatte.

Aus seinen grauen Augen blickte Paul zum Fenster und wieder zu ihr, bevor er antwortete. „Keine Ahnung. Ich habe gehört, dass das hier ein nettes Örtchen sein soll. Ich dachte, ich schaue es mir mal an."

Obwohl Catamount im Frühling, Sommer und Herbst wegen der Nähe zum Appalachian Trail und den ausgedehnten Obstplantagen viele Besucher hatte, waren Gäste im Winter viel seltener. In einer nahe gelegenen Stadt gab es eine Skihütte, die die meisten Wintergäste anzog. Phoebe konnte sich nicht beherrschen. „Zu dieser Jahreszeit kommen nicht so viele Touristen hierher. Haben Sie denn Familie in der Nähe?"

Pauls Augen verengten sich, aber er verzog keine Miene. „Ich mag den Winter. Kein Grund, deswegen nicht herzukommen." Dann wandte er sich wieder dem Fernseher zu, um Phoebe klar und deutlich mitzuteilen, dass sie gehen konnte.

Später am Nachmittag ging sie mit Rosie nach draußen, nachdem ihre Schicht zu Ende gegangen war. „Ich gebe dir Recht, was den Typ angeht. Ich würde Geld darauf wetten, dass er ein Shifter ist. Aber weshalb ist er hier und warum ausgerechnet in diesem Krankenhaus? Ich fahre jetzt mal bei Jake vorbei und sorge dafür, dass Hank und Dane davon erfahren."

Mit einem Winken stieg Rosie in ihr Auto. „Ruf mich an, wenn du irgendwas hörst. Bis morgen."

Phoebe machte sich direkt auf den Weg zu Jakes Büro. Kaum hatte sie das Gebäude betreten, überkam sie heftiges Verlangen, was sie völlig durcheinander brachte. All ihre Versprechen, den Kuss zu verdrängen, lösten sich in Luft auf. Jake starrte auf seinen Computerbildschirm und fuhr sich mit der Hand durch die Haare. Er schien nicht gehört zu haben, dass sie hereingekommen war. Einen Augenblick lang erlaubte sie sich, seinen Anblick zu genießen. Selbst über den Schreibtisch gebeugt, verkörperte er pure Männlichkeit. Er trug ein lockeres T-Shirt, das sich über seinen Rücken spannte, sodass die kräftigen Muskeln entlang seiner Wirbelsäule hervortraten und seine starken Schultern unter dem Stoff hervorlugten. Am liebsten wäre sie zu ihm hinübergegangen und hätte ihm einen Kuss auf die weiche Stelle gedrückt, wo die Kurve seines Halses auf die breite Schulter traf.

Plötzlich richtete er sich auf und drehte sich in seinem Stuhl. Auf der Stelle traf sein Blick den ihren und sein intensives blaues Leuchten entfachte Funken in ihr. Es vergingen keine fünf Sekunden und ihr stockte der Atem, in ihrer Mitte brodelte es und sie konnte sich nicht mehr richtig konzentrieren. Da half es auch nicht, dass sich Jakes Augen in dem Moment verdunkelten, als er sie sah und das Verlangen in ihnen aufflammte. Sein urgewaltiger Blick ließ Schmetterlinge in ihrem Bauch aufsteigen.

„Hey", begrüßte er sie rau.

„Hey." Ihre einsilbige Begrüßung blieb in der Luft hängen, während sie wie erstarrt in seinem Büro stand.

All die Gründe, warum sie ihre Gefühle für Jake stets verborgen gehalten hatte, schossen ihr durch den Kopf. Sie wandte ihren Blick von ihm ab und verfolgte die Bewegungen eines Roten Kardinals, der draußen in den Bäumen herumflatterte. Sein leuchtend rotes Gefieder erstrahlte inmitten des verschneiten Baumes. Genau das hatte sie vermeiden wollen – das Unbehagen und die Sorge, dass er die Tiefe ihrer Gefühle für ihn über die Hitze des Augenblicks hinaus erkennen würde. Schließlich gehörte er zu ihren besten Freunden. Wenn sie seine Freundschaft verlieren würde, wäre sie am Boden zerstört. Da wurde sie von seiner Stimme aus ihren Gedanken gerissen.

„Phoebe."

Der Kardinal flog von einem Ast zum anderen, und sie richtete ihren Blick wieder auf Jake. Ihr Bauch vollführte einen Purzelbaum. Sie konnte ihren Körper nicht dazu zwingen, ihr zu gehorchen. Eigentlich hätte sich die jahrelange Gewohnheit durchsetzen müssen, aber die Küsse, die sie letzte Nacht miteinander geteilt hatten, hatten ihre Beherrschung völlig über den Haufen geworfen.

„Was auch immer du denkst, lass es", verlangte Jake unmissverständlich.

Seine klaren Worte bewirkten, dass sie aus ihrer Negativspirale gerissen wurde. „Wie wäre es, wenn du aufhörst, meine Gedanken zu lesen?", konterte sie, verärgert darüber, wie leicht er sie durchschaute.

Er erhob sich von seinem Stuhl und bewegte sich geschmeidig um seinen Schreibtisch herum, bis er vor ihr zum Stehen kam. Dann lehnte er sich mit den Hüften gegen den Schreibtisch und ergriff ihre Hände, die von der klirrenden Luft eiskalt waren. Das Gefühl seiner warmen, starken Hände um die ihren ließ sie scharf einatmen. Ihr Puls beschleunigte sich wieder, aber sie hätte sich seinem Blick nicht entziehen können, selbst wenn sie das gewollt hätte.

Sein Haar war verwuschelt, als hätte er es immer

wieder mit den Händen durchwühlt. Seine Augen wirkten immer noch müde, aber nicht mehr so müde wie gestern. Ihr Herz raste. Seit der Nachricht von Callens Tod war sie ständig in Sorge um ihn. Keiner von ihnen hätte ahnen können, dass dieses Ereignis weitere Folgen nach sich ziehen würde.

Jake strich mit dem Daumen über ihren Handrücken. „Ich habe doch gar nicht versucht, deine Gedanken zu lesen. Wie wäre es, wenn wir uns darauf einigen, wegen gestern Abend nicht auszuflippen?"

Sie war erleichtert. Jake verstand. Er versuchte, sie wieder zu guten Freunden zu machen, und genau das brauchten sie jetzt auch. Doch auf die Erleichterung folgte ein stechender Schmerz, der Schmerz, den sie seit Jahren zu vermeiden versucht hatte. Keine fünf Minuten hatte es gestern Abend gedauert, und schon lauerte genau der Liebeskummer vor ihr, den sie seit Jahren zu vermeiden versucht hatte. Denn verdammt noch mal, er hatte ihr einen Grund zur Hoffnung gegeben. Und egal, wie oft sie ihrem Herzen auch klarmachte, dass Hoffnung fehl am Platz war, so schenkte ihr Herz ihr keine Beachtung.

Phoebe nickte. „Prima. Ich bin ganz dafür, wegen letzter Nacht nicht auszurasten. Das war ein Ausrutscher. Wir sind Freunde, schon seit Jahren, und daran wird sich auch nichts ändern."

Er schüttelte langsam den Kopf. „Das habe ich mit 'nicht ausflippen' nicht gerade gemeint."

Ihr Bauch schlug Purzelbäume. „Was ... was hast du dann gemeint?"

„Ich habe gemeint, dass wir nicht ausflippen sollten, weil absolut in Ordnung ist, was passiert ist. Wir haben einander geküsst, weil wir das wollten. Und ich habe vor, dich schon bald wieder zu küssen ..."

Da stieß sie heftig den Atem aus und ihr Puls raste wie wild. Eine Sekunde lang flatterte ihr Herz vor Freude und Sehnsucht durchflutete sie. Danach versuchte sie, ihre Gefühle zu unterdrücken. Sie konnte sich nicht vorstellen, dass dies wirklich geschehen konnte. Es war schon schmerzhaft genug, sich einzureden, als gäbe es ihre Gefühle nicht, aber es wäre noch viel, viel schlimmer, sie mit falschen Hoffnungen zu verwässern. „Jake, wir können doch nicht ...“

Da hielt er inne, mit dem Daumen sanft über sie zu streichen. Seine Augen verengten sich und hefteten sich an die ihren. „Wer sagt denn, dass wir das nicht können?“

Als sie den Mund öffnete, um zu antworten, ließ Jake eine ihrer Hände los und legte seinen Finger an ihre Lippen. „Sag mir, dass du den Kuss nicht gewollt hast“, forderte er mit belegter Stimme.

Phoebe versuchte, die richtigen Worte zu finden, um ihm zu sagen, dass sie den Kuss nicht gewollt hatte, aber das konnte sie nicht, denn das wäre eine glatte Lüge gewesen. Also schloss sie die Augen und holte tief Luft. Nachdem sie sie wieder geöffnet hatte, zeichnete Jakes Finger die Konturen ihres Mundes nach, bevor er seine Hand wegzog. Ihre Lippen kribbelten bei seiner sanften Berührung.

„Also gut. Nachdem wir das jetzt geklärt haben, was führt dich hierher?“, fragte er mit einem schmalen Lächeln.

Sie konnte das Lächeln nicht unterdrücken, das in ihrem Herzen aufblühte, und ihre Lippen folgten den seinen. Gerade als sie gedacht hatte, er würde es zu weit treiben, wich er leicht zurück und gewährte ihr den nötigen emotionalen Freiraum.

„Ach ja, ich wollte dir eigentlich bloß erzählen,

dass wir einen Shifter haben, der sich selbst ins Krankenhaus eingeliefert hat."

Jake zog eine Augenbraue hoch. „Und warum sollte das ein Problem darstellen? Die Hälfte der Leute in der Stadt sind doch Berglöwenshifter."

„Er ist von außerhalb und hält sich verdammt bedeckt. Er behauptet, er wäre hier zu Besuch und hätte gestern Schmerzen in der Brust verspürt. Rosie hatte zuerst mit ihm zu tun, bevor ich zur Arbeit gekommen bin, und dann habe ich nach ihm gesehen. Er benimmt sich sehr zurückhaltend, aber ich habe ein ganz schlechtes Gefühl. Ich kann mir nur schlimme Gründe vorstellen, warum er im Krankenhaus sein sollte. Shana und Dane arbeiten beide dort, ganz zu schweigen davon, dass viele andere Mitarbeiter Shifter sind. Wir müssen unbedingt Hank und Dana Bescheid sagen."

Jake fluchte und ließ ihre Hände los. Dann lehnte er sich zurück, griff zum Telefon und tätigte kurz hintereinander zwei Anrufe. Er hinterließ Hank und Dane Nachrichten, dass sie sofort zurückrufen sollten, und legte dann den Hörer beiseite. Anschließend wandte er sich wieder ihr zu.

„Also gut, Folgendes: Keiner von euch darf mit ihm allein sein. Wir wissen nicht, mit wem er zusammenarbeitet oder hinter wem er her ist. Sobald ich mit Hank gesprochen habe, kümmere ich mich um jemanden, der Wache schiebt. Wie lange wird er im Krankenhaus sein?"

„Das ist es ja, es gibt keinen guten Grund, ihn zu behalten, aber er berichtet immer wieder von unbestimmten Symptomen, die wir untersuchen müssen. Ich halte es für besser, wenn er dort bleibt, weil wir ihn so im Auge behalten können."

Jake nickte. „Auf jeden Fall. Verdammt noch mal!

Ich hatte gehofft, dass wer auch immer mit Seth und Randall in Verbindung steht sich fernhalten würde, nach dem, was mit Chloe passiert ist. Ich meine, Seth und Randall sind im Gefängnis und werden da auch nicht so schnell wieder rauskommen." Er stieß sich vom Schreibtisch ab und begann, auf und abzugehen. „Ihr müsst genau beobachten, wer in diesem Krankenzimmer ein- und ausgeht. Das könnte uns helfen, herauszufinden, wer hier in Catamount mit ihnen zusammenarbeitet." Er hielt inne und musterte sie einen langen Augenblick lang. „Versprich mir, dass du nicht noch einmal allein in sein Zimmer gehst. Am Ende haben sie es auf alle abgesehen, die denen nahestehen, hinter denen sie her sind. Du kennst Dane, Shana und fast alle wichtigen Mitglieder der Shifterfamilien hier. Versprich es mir."

Phoebe nickte. „Versprochen. Rosie und ich haben uns bereits darüber unterhalten, nachdem ich ihm heute begegnet bin." Kalte Angst jagte ihr den Rücken hinauf, sie erschauderte und schlang die Arme um ihre Taille. Dann begegnete sie Jakes Blick. „Ich wünschte, wir wüssten mehr."

Schließlich hörte er auf, vor ihr auf und ab zu gehen, lehnte sich gegen den Schreibtisch und zog sie an sich. Bevor sie überhaupt einen Gedanken fassen konnte, hatte er sie schon in seine starke, sichere Umarmung gehüllt. Die Wärme seines Körpers durchströmte sie. Mit einem Seufzer lehnte sie ihre Stirn an seine Schulter. Nach der ständigen Vorsicht, die sie seit Chloes Entführung an den Tag gelegt hatte, und den wochenlangen Sorgen war sie erleichtert, seine beruhigende Wärme und seinen Trost zu spüren.

KAPITEL DREI

Jake betrachtete die Maserung des Holzfußbodens in der Polizeistation. Das Gebäude war schon Jahrhunderte alt und besaß noch den ursprünglichen Parkettboden aus Eichenholz, der durch die jahrzehntelange Benutzung schon ganz abgewetzt war, aber immer noch eine schöne Farbe hatte. Dane telefonierte mit Chloe, während sie auf Hank warteten. Nachdem Dane sein Gespräch beendet hatte, verstaute er das Handy in seiner Tasche. Anschließend warf er Jake einen Blick zu.

„Jedes Mal, wenn ich an den Schlamassel denke, den Callen angerichtet hat, wünsche ich mir, er wäre noch am Leben, damit ich ihn dafür bezahlen lassen kann", stellte Dane kopfschüttelnd fest, die Augen müde und verärgert zugleich.

Jake lehnte seinen Kopf gegen die Wand hinter seinem Stuhl und seufzte. „Da schließe ich mich an. Wie geht es eigentlich Chloe?"

„Ganz gut. Sie ist zwar genervt davon, dass ich mich ständig melde, aber bisher hat sie sich tapfer damit abgefunden." Dane hielt inne und seine Augen verdunkelten sich. „Ich bin zwar wirklich erleichtert, dass es ihr gut geht, aber ich werde erst aufatmen können, wenn wir der Sache auf den Grund gegangen sind."

Da öffnete sich die Tür zu Hanks Büro und er winkte die beiden herein. „Kommt rein, Jungs."

Jake und Dane setzten sich auf zwei Stühle gegenüber von Hanks Schreibtisch. Hank nahm einen Schluck Kaffee und richtete seinen Blick auf Jake. „Was gibt's Neues im Krankenhaus?"

Jake brachte sie schnell auf den neuesten Stand, zusammen mit den neuesten Informationen aus seinen Internetrecherchen. „Ich fürchte, einer von uns muss nach Montana fahren. Wir müssen mal weiter nach oben in der Hackordnung gehen. Ich habe im Internet genug Hinweise gefunden, die uns zu den richtigen Orten führen. Ich kann sogar die Adressen aller Internetprovider ausfindig machen, die mit den Konten verbunden sind, die Callen per E-Mail angeschrieben hat. Vielleicht ist ja alles bloß Fassade, und alle Spuren führen an ein Ziel."

Hank blickte zwischen Jake und Dane hin und her und zuckte mit den Schultern. „Da gebe ich dir ja Recht, aber ich kann nicht dorthin fahren. Es muss jemand anderes sein. Außerdem sage ich es ja nur ungern, aber euch beide können wir auch nicht hinschicken. Ihr seid zu bekannt. Und wenn sie eure Gesichter vorher nicht schon gekannt haben, wissen sie jetzt Bescheid. Ihr beide wart nach Chloes Entführung überall in den Nachrichten zu sehen."

Dane fluchte und drehte sich zu Jake um. „Irgendeine Idee?"

Jake schüttelte den Kopf. „Noch nicht. Lass mich darüber nachdenken."

Gemeinsam machten sie sich daran, einen Plan für

die Überwachung des Krankenhauses zu entwickeln. Jedes Mal, wenn sie über die Bedrohungen für die Shifter nachdachten, stießen sie auf die Tatsache, dass Callen innerhalb des Clans in Catamount Leute angeworben hatte. Sein jüngster Bruder Randall, der Callen schon immer beeindrucken hatte wollen, war ein leichtes Ziel gewesen, aber sie konnten nicht davon ausgehen, dass nicht auch noch andere darin verwickelt waren. Es war äußerst schwierig herauszufinden, wem sie vertrauen konnten.

Als Jake später nach draußen ging, fand er sich in einem heftigen Schneetreiben wieder. Das Polizeirevier befand sich im Stadtzentrum in einer der Straßen, die an den Stadtpark grenzen. Er überquerte die Straße und schlug den Weg ein, der in die Mitte der Grünanlage führte, wobei er seine Spuren in der frischen Schneeschicht hinterließ. Es war später Nachmittag und die Sonne stand tief am Himmel. Die kahlen Äste der Bäume warfen ein Netz von Schatten auf den Schnee. Die dicken Schneeflocken funkelten, als sie durch die verbleibenden Sonnenstrahlen trieben, die über die Wiese wanderten. Er dachte an Phoebe und sein Herz fühlte sich urplötzlich beklommen an. Er machte auf dem Absatz kehrt und kehrte zügig zu seinem Truck zurück. Er musste sie unbedingt sehen. Und zwar sofort.

Während er zu ihrem Haus fuhr, versuchte ein Teil seines Verstandes ihn daran zu erinnern, warum er sich geschworen hatte, ausschließlich mit einer Shifterin zusammen zu sein. Seine Collegefreundin Naomi war die einzige Frau gewesen, mit der er zusammen war, die keine Shifterin war. Er hatte sich so schnell und heftig in sie verliebt, dass er sämtliche Warnzeichen missachtete. Sie war übermäßig theatralisch und stellte sich häufig als Opfer von irgendwelchen Umständen dar. Jakes Hormone waren so stark von ihr angezogen, dass er sich auf sie gestürzt hatte, weil er der Meinung gewesen war, sie bräuchte jemanden wie ihn, und er genoss das oberflächliche Vergnügen, sich wie ihr Held zu fühlen. Im Rausch der Hormone und in der Überzeugung, dass sie füreinander bestimmt waren, hatte er ihr verraten, wer und was er war. Prompt war sie in eine Art Dramamodus verfallen und ausgeflippt. Er verbrachte Monate damit, Gerüchte auszuräumen und fühlte sich wie ein Vollidiot. Das einzig Gute daran war, dass sie daraufhin an ein anderes College wechselte. Bis heute wusste er nicht, ob sie das getan hatte, weil sie tatsächlich Angst vor ihm gehabt hatte, weil er ein Shifter war, oder weil sie nicht damit gerechnet hatte, wie viele Freunde er und die anderen Shifter hatten, die bereit waren, ihre Reihen zu schließen.

Seitdem war er seinem Versprechen treu geblieben, sich nur mit Shifterinnen einzulassen, aber er hatte noch keine gefunden, die zu ihm passte. Außer Phoebe. Sie hatte schon immer einen direkten Draht zu seinem Herzen gehabt. Als er jünger gewesen war und ihr dabei zugesehen hatte, wie sie zu dieser wunderschönen Frau herangewachsen war, hatte er sich eingeredet, dass er sie nicht ausnutzen könnte. In der Schule war sie vier Jahrgänge unter ihm gewesen. Der gähnende Altersunterschied von damals war jetzt nichts mehr, da er vierunddreißig und Phoebe dreißig Jahre alt war. In der Zeit, in der er versuchte, Phoebe nicht zu verführen, und in der Zeit, in der er mit Naomi aneinandergeraten war, schaffte er es nicht, die flirrende elektrische Verbindung zu unterdrücken, die jedes Mal zum Leben erwachte, wenn er sich in Phoebes Nähe befand.

Vielleicht konnte er im Augenblick nicht klar denken, aber er war es verdammt leid, sich zu verweigern, was er wollte. Vor allem, weil Phoebe inmitten des großen Misstrauens, das in Catamount herrschte, eine der wenigen war, die sein absolutes Vertrauen genossen. Im fahlen Licht der Abenddämmerung bog er in die Einfahrt zu ihrem Haus ein. Es war ein Haus im Cape-Stil, cremefarben gestrichen und mit lila Verzierungen und einem passenden lila Stahldach versehen. Der Schneefall war stärker geworden und überzog die Landschaft. Phoebes Auto stand noch nicht in der Einfahrt, also schrieb Jake ihr schnell eine SMS und fragte, wann sie nach Hause kommen würde. Wenige Augenblicke später antwortete sie, dass sie auf dem Weg sei. Er lehnte seinen Kopf zurück und beobachtete, wie der Schnee über das Feld neben ihrem Haus trieb. Ein kleiner Bach schlängelte sich durch das Feld und sein dunkles Band schimmerte in den letzten Sonnenstrahlen.

Da ging Phoebes Weihnachtsbeleuchtung an. Jake schmunzelte, als er erkannte, dass sie eine Zeitschaltuhr installiert hatte. Das Dach ihres Hauses war mit Lichtern geschmückt und auch die beiden kahlen Bäume vor dem Haus waren festlich dekoriert. Phoebe hielt an und winkte ihm aus ihrem Auto zu. Er stieg aus und folgte ihr den schneebedeckten Schieferweg entlang bis zu ihrem Hauseingang. Als sie die Tür erreichte, wandte sie sich ihm zu. Ihr dunkles Haar war mit Schneeflocken übersät. Eine davon hatte sich an ihren Wimpern verfangen und glitzerte hell unter den Lichtern an der Tür.

„Ich habe nicht damit gerechnet, dass du vorbeikommen würdest", stellte sie mit einer Frage in den Augen fest.

Sie blinzelte und die Schneeflocke auf ihren Wimpern verschwand. Ihr Blick aus ihren dunklen Augen traf den seinen, und ihm stockte der Atem.

„Ich hoffe, du bittest mich jetzt nicht, wieder zu verschwinden."

Sie schüttelte den Kopf und zog ihre Schlüssel aus der Handtasche. „Nein, natürlich nicht. Komm doch rein."

Nachdem sie die Tür aufgeschlossen hatte, stieß sie sie mit ihrer Schulter an. Jakes Blick fiel auf das klapprige Schloss an ihrer Tür. Er musste unbedingt die Schlösser an ihrem Haus verstärken. In Catamount war ihm nie in den Sinn gekommen, sich um den Zustand der Schlösser von anderen zu kümmern. Er hasste es, so denken zu müssen, aber im Augenblick wollte er lediglich sicherstellen, dass die Leute, die ihm nahestanden, geschützt waren. Sie hatten Glück gehabt, wie schnell sie Chloes Entführung geregelt hatten. Er wollte nicht noch einmal so unverhofft überrumpelt werden.

Nachdem er die Tür hinter sich zugezogen hatte, schloss er sie ab. Phoebe ließ ihre Tasche auf die Couch plumpsen, bevor sie in die Küche ging und die Lampen anknipste. Die Luft war kühl. Er warf einen Blick auf den Holzofen in der Ecke ihres Wohnzimmers.

„Ich mache mal ein Feuer, einverstanden?", rief er ihr zu.

Sie lehnte ihren Kopf durch den Türbogen, der in die Küche führte. „Ja, gerne", grinste sie.

Jake warf einen Blick auf das kleine Brennholzregal nebenan und wandte sich um, um nach draußen zu gehen. Im verschneiten Halbdunkel steuerte er auf den Holzschuppen an der Seite ihres Hofes zu. Im Schein der festlichen Weihnachtsbeleuchtung stapelte er sorgfältig Holz auf das Gestell vor der Haustür und füllte es randvoll, bevor er eine Ladung davon ins Haus trug. Sobald er das Feuer im Holzofen entfacht hatte, rief Phoebe ihn in die Küche. Dort schöpfte sie gerade Eintopf in Schüsseln und sie reichte ihm sofort eine, als er an ihre Seite trat.

„Den habe ich heute Morgen im Schnellkochtopf zubereitet. Ich wusste ja nicht, dass sich das Wetter so gut für Rindereintopf anbieten würde", stellte sie fest.

Dann schob sie ihn zum Tisch und folgte ihm mit einer Schüssel. Jake entkorkte die Rotweinflasche auf dem Tisch und füllte die Weingläser, die sie ihm hingestellt hatte.

„Das ist ja unglaublich lecker", bemerkte er ein paar Minuten später zwischen zwei Bissen des herzhaften, schmackhaften Eintopfs.

Phoebe grinste. „Ich hatte ja keine Ahnung, dass du ihn mit mir zusammen genießen würdest, also freut es mich doppelt, dass er dir schmeckt."

„Daran besteht kein Zweifel. Du bist eine verdammt gute Köchin", antwortete er. Er hatte schon oft mit Phoebe zusammen gegessen und wusste, dass sie verdammt gut kochen und backen konnte. Sie mochte zwar keine ausgefallenen Gerichte, aber sie konnte aus den einfachsten Speisen etwas ganz Besonderes machen. Nachdem er seine Portion aufgegessen hatte, schob er sie beiseite. Dann lehnte er sich in seinem Stuhl zurück und betrachtete sie. Ihre dunklen Locken waren feucht vom Schnee und ihre Wangen gerötet. Ihre ausdrucksstarken Augen zogen ihn in ihren Bann. In all den Jahren, in denen er sie kannte, hatte er stets seinen Verstand ausgeschaltet, wenn es darum gegangen war, sich vorzustellen, wie es sich anfühlen würde, die Leidenschaft zu erleben, die sie ausstrahlte. Sie ging an fast alles mit vollem Eifer heran – kochen, wandern, nähen, Krankenpflege und vieles mehr. Mit ihren dunklen Haaren und Augen, ihrer kurvenreichen Figur und ihrem warmen Lächeln hatte er sich jahrelang danach gesehnt, sie über ihre gemeinsame Freundschaft hinaus näher kennenzulernen.

Als er sie jetzt sah, musste er die strenge Kontrolle über seine Gefühle für sie fallen lassen. Er hatte einfach nicht mehr das Bedürfnis, sie zu verbergen. Zwar konnte er spüren, dass sie ihm nicht ganz glaubte, aber er wusste nicht, was er dagegen tun sollte, außer es ihr zu zeigen. Als sie aufstand, um das Geschirr zur Spüle zu tragen, folgte er ihr mit den leeren Weingläsern. Das Klirren von Geschirr und Silberbesteck in der Spüle hallte in dem ruhigen Raum wider.

Jakes Körper dröhnte. Nach so vielen Jahren, in denen er das allgegenwärtige Verlangen nach Phoebe unterdrückt hatte, entflammte es in ihm, sobald er es frei ausleben konnte. Nachdem er ihr die Weingläser gereicht hatte und spürte, wie ihre Finger seine Handfläche berührten, musste er seine Augen schließen, um sie nicht an sich zu reißen. Als sie sich dann schließlich zu ihm umdrehte, griff er nach ihren Händen. Ihre dunklen Augen weiteten sich, aber sie sagte kein Wort. Er begann rückwärts zu gehen und zog sie mit sich ins Wohnzimmer. Der Schein des Kaminfeuers im Holzofen flackerte durch die Glastür. Draußen fiel immer noch Schnee und die weißen Flocken leuchteten hell im Schein der Weihnachtsbeleuchtung, die rund um das Haus angebracht war.

Er ging rückwärts, bis seine Beine gegen die Rückenlehne der Couch stießen. Dann stützte er sich mit den Hüften auf der Kante ab und zog sie an sich, während er sich kaum noch unter Kontrolle halten konnte. Es zerrte an seinen Nerven, seine eiserne Kontrolle über seine Gefühle für sie loszulassen. Die Katze in ihm schnurrte und knurrte leise, verzweifelt darauf bedacht, die Lust zu entfesseln, die ihn durchströmte. Er hob eine Hand und fuhr mit dem Handrücken über ihre Wange, über die weiche Vertiefung ihres Halses, entlang ihres Schlüsselbeins und über die üppige Rundung ihrer Brust. Ihr Atem ging stoßweise. Als er seinen Blick zu ihrem Gesicht schweifen ließ, sah er, wie ihre Zunge herausschnellte und ihre Lippen befeuchtete. Der letzte Rest an Kontrolle wurde immer brüchiger.

———

Phoebes Körper stand in Flammen, glühende Hitze baute sich in ihrem Inneren auf, zwischen ihren Schenkeln war es feucht und die Sehnsucht nach Jake ging so tief, dass sie bis ins Mark erbebte. Als er ihr heute Abend eine SMS geschrieben und ihr mitgeteilt hatte, dass er auf sie wartete, hatte sie sich vorgenommen, ihn nicht zurückzuweisen. So dringend sie auch ihr Herz beschützen wollte, so sehr wünschte sie sich auch, ihren Gefühlen für ihn freien Lauf lassen zu können. Seit er sie geküsst hatte, kochte ihr Körper vor Verlangen, das mit jedem Atemzug pulsierte. Allerdings fragte sie sich ernsthaft, ob ihr Herz es wohl verkraften würde, wenn sie dem nachgab, was sie so lange gewollt hatte und es ihr später wieder entrissen wurde. Jake legte seine Hand um ihre Taille, zog sie zu sich und führte seine Lippen schnell zu den ihren. Wie auch schon bei dem Kuss am Vorabend fühlte sich sein Mund auf dem ihren einfach himmlisch an. Ihr Mund öffnete sich für ihn und er tauchte ein, suchte, liebkoste und verschlang sie.

Ihr Puls raste und das Verlangen, das schon seit Tagen in ihren Adern gelodert hatte, schoss wie ein Lauffeuer durch ihren Körper. In ihrem Inneren war sie heiß, begierig und sehnte sich nach mehr. Sie drängte sich an ihn und ließ ihre Hände über seine Schultern und seinen muskulösen Rücken gleiten. Er löste seine Lippen von ihren, knabberte an ihrem Ohrläppchen und zog eine brennende Spur von Küssen an ihrem Hals hinunter bis in den Ausschnitt ihrer Bluse. Ein Schaudern durchfuhr ihren Körper. Dann zog er an ihrem Shirt, wobei sich ein Knopf löste und zu Boden fiel. Sie fuhr mit ihren Händen unter den Saum seines Baumwollhemdes. Ohne dass seine Lippen die Berührung mit ihrer Haut verloren, griff er mit einer Hand hinter seinen Kopf und streifte sein Hemd mit einer schnellen Bewegung nach oben und zog es aus.

Sie stöhnte auf, als sie seine warme Haut unter ihren Händen spürte. Im Laufe der Jahre hatte sie ihn unzählige Male mit nacktem Oberkörper gesehen – beim Leichtathletiklauf im College, beim Schwimmen im Catamount Lake – und sich immer gefragt, wie gut es sich wohl anfühlen würde, ihn zu berühren. Er hatte definierte Muskeln und pure Kraft. Seine muskulösen Oberarme bewegten sich und spannten sich unter ihren Händen. Sie stöhnte auf, wie gut es sich anfühlte, ihn zu berühren. Seine Haut schimmerte golden im flackernden Licht des Feuers.

Jakes Hände waren warm, stark und sicher und glitten mit sanften Berührungen über ihre Haut. Schließlich zog er sich zurück, seine Hände legten sich auf ihre Hüften und seine blauen Augen betrachteten sie eingehend. Er hielt ihren Blick fest, während er mit einer Handbewegung ihren BH öffnete. Daraufhin rutschten die Träger von ihren Schultern und ihre Brüste reckten sich ihm entgegen, schwer und sehnsüchtig nach seiner Berührung. Die Luft um sie herum war heiß und elektrisch, sie vibrierte vor Verlangen und Begierde.

„Phoebe …", flüsterte er mit einem Hauch von Ehrfurcht in der Stimme.

Da schloss sie die Augen. Dieser Augenblick, der Klang seiner Stimme, war etwas, das sie sich schon so lange gewünscht hatte und das ihre Vorstellungskraft überstieg. Als er erneut ihren Namen flüsterte, öffnete sie ihre Augen und sah ihm in die Augen, verblüfft über das nackte Verlangen, das sich in ihnen widerspiegelte. Sie öffnete den Mund, um etwas zu sagen, stöhnte aber auf, als er sich nach vorne beugte und seinen Mund über ihren Brustwarzen schloss. Seine Zunge wirbelte herum, seine Zähne knabberten an ihren Nippeln und die Lust durchströmte sie, als sie sich mit einem leisen Schrei nach hinten wölbte. Nachdem er sich auch eingehend ihrer anderen Brust gewidmet hatte, war sie rasend vor Lust. Sie stemmte sich gegen ihn und genoss das Gefühl seines muskulösen Oberkörpers an ihren weichen Rundungen.

Die restliche Kleidung rissen sie einander in Windeseile vom Leib. Es schien ihnen, als wäre die Zeit stehengeblieben. Irgendwie fand sie sich an die Couch gedrückt, während Jakes Hand ihre Handgelenke umschloss. Sie war unter ihm ausgestreckt, ihre Hüften schmiegten sich an ihn, blind vor Verlangen. Sie rang darum, näher an ihn heranzukommen und keuchte, als seine harte Brust über ihren Busen strich. Seine freie Hand glitt über die Wölbung ihres Bauches, streifte ihre dunklen Löckchen und drang in ihre feuchte Scham ein. Langsam lösten sich seine Lippen von den ihren, während seine Augen in dem schummrigen Raum auf den ihren landeten.

„Du fühlst dich so gut an …" Seine Stimme klang heiser und schwerfällig.

„Jake ... bitte ..." Ihre Hüften verrieten, was ihre Stimme nicht vermochte, als sie sich seiner Hand entgegenstemmte.

Er ließ einen Finger in ihren Kanal gleiten. Sie war jetzt so nah an der Grenze, dass der Druck in ihrem Inneren immer größer wurde. Da gesellte sich ein weiterer Finger zu dem ersten und dehnte sie. Das Gefühl durchlief sie in Wellen und gipfelte in dem Eindringen seiner Finger in ihre feuchte Mitte. Sie verlor sich in seinen tiefblauen Augen und konnte den Blick nicht abwenden, bis seine Lippen in einem brennenden Kuss auf ihre sanken. Er verschlang ihren Mund, seine Lippen lösten sich von den ihren und anschließend leckte er ihr den Hals hinunter. Irgendwann erwischte er ihr Ohrläppchen mit seinen Zähnen und der scharfe Biss ließ sie erschaudern. Seine Finger stießen in sie hinein und wieder heraus und trieben sie an den Rand der Verzweiflung. Aus der Ferne hörte sie ihre Stimme, die seinen Namen keuchend und flehend ausstieß. Sein harter, kräftiger Körper wurde unter ihren Händen geschmeidig und sanft. Als sie ihre Hüften gegen ihn stemmte, durchfuhr sie ein heftiges Vergnügen, und ihr Höhepunkt war so heftig, dass er in mehreren Wellen über sie hereinbrach. Sie spürte, wie seine Finger in ihr zum Stillstand kamen und ihr Kanal um ihn herum pochte.

Als sie die Augen öffnete, sah sie seinen Blick auf sich ruhen – dunkel und aufmerksam. Für einen kurzen Augenblick fühlte sie sich unsicher, weil sie sich in seinen Armen völlig fallen gelassen hatte. Doch schnell schob sie das Gefühl beiseite. Jetzt, wo sie diese Grenze überschritten hatten, würde sie sich alles nehmen, was sie in die Finger bekommen konnte. Sie wollte mehr. Also griff sie zwischen sich und Jake und schlang ihre Hand um seinen heißen, harten Schaft.

Daraufhin ließ er seine Stirn auf die ihre sinken. Sie hielt ihn fest in ihrem Griff und strich mit ihrer Hand auf und ab. Sein Atem ging stoßweise, als sie sich aufrichtete und eine Spur feuchter Küsse auf seinem Hals hinterließ, die darin gipfelte, dass sie ihm in seine weiche Wölbung biss. Mit einer schnellen Bewegung griff er nach seiner Jeans, die zu Boden gefallen war. In Sekundenschnelle zog er sich ein Kondom über und richtete seinen Blick wieder auf sie.

Dann drängte er seine Hüften gegen ihre, wölbte sich ihr entgegen und ließ sein heißes Glied in sie gleiten. Gerade als sie gedacht hatte, sie hätte sich wieder einigermaßen unter Kontrolle, trieb er sie erneut in den Wahnsinn, indem er seinen Schwanz durch ihre feuchte Scham hin und her schob, ohne ihr zu geben, was sie wollte. Er drängte sie immer näher an den Rand des Abgrunds. Gerade als sie dachte, sie könne nicht mehr, stieß er schließlich in ihre glühende Mitte. Er füllte sie vollständig aus und dehnte ihren Kanal. Es war Jahre her, dass sie Sex gehabt hatte, und so keuchte sie bei dieser Fülle, die sie fast an ihre Schmerzgrenze trieb.

Jake hielt für einen langen Augenblick still, seine Augen waren auf die ihren gerichtet. Er stützte sich auf die Ellbogen, schlang seine Hände um ihre und begann sich zu bewegen. Mit langsamen, lockenden Stößen hob er sie immer höher und höher in einen Bogen der Lust. Seine heiße Länge füllte sie wieder und wieder aus. Sie schlang ihre Beine um ihn und zog ihn so dicht an sich, dass sie sich wie eine Einheit bewegten. Seine Hände hielten ihre an ihrem Kopf fest, während er immer tiefer in sie eindrang. Sie fühlte sich von seinem Körper umgeben, umhüllt von schwindelerregender Leidenschaft und Intimität zugleich. Das Zittern begann in ihrer Mitte und breitete sich spiralförmig aus, bis sie schließlich zum Höhepunkt kam und sich in seinen Armen überschlug. Sein Rücken wölbte sich, als er ein letztes Mal tief in sie stieß. Sie spürte seinen Puls in sich, ihr Kanal pochte durch ihren anhaltenden Höhepunkt, während sein Körper sich anspannte, bevor er mit einem Grollen gegen sie zusammensackte.

Dann verharrten sie in der Stille und atmeten im Gleichklang. Als sich irgendwann die Wirklichkeit in ihr Bewusstsein schlich, konnte Phoebe nicht glauben, dass sie hier tatsächlich mit Jake in ihr lag, Haut an Haut. Er verlagerte sein Gewicht auf die Seite und stützte sich auf einen Ellbogen. Sie schlug die Augen auf und sah seinen Blick auf sich gerichtet. Er strich ihr eine verirrte Haarsträhne aus der Stirn. Unsicher, was sie sagen sollte, blickte sie ihn einfach an. Sie war noch nicht bereit, diesen besonderen Augenblick verstreichen zu lassen, aber sie fürchtete, dass die Intimität zwischen ihnen zerreißen würde, falls sie etwas sagen würde.

Da atmete Jake tief ein und verzog seinen Mund zu einem kleinen Lächeln. Er beugte sich vor und drückte ihr einen langen Kuss auf die Lippen. Nachdem er sich von ihr gelöst hatte, warf er ihr einen langen Blick zu, während seine Handfläche warm auf ihrem Bauch ruhte und sein Daumen sie sanft streichelte. Ohne ein Wort zu sagen, löste er sich von ihr, hob sie in seine Arme und schritt den kurzen Flur vom Wohnzimmer entlang in ihr Schlafzimmer.

Wenige Augenblicke später waren sie in ihrer Daunendecke eingewickelt, nachdem er ins Bad gegangen war und sein Kondom entsorgt hatte. Seine wohlige Wärme umgab sie. Jetzt hatte sie das Gefühl, etwas sagen zu müssen.

„Jake?"

Er lehnte sich an das Kissen, während sie sich eng an seine Seite schmiegte. Dann öffnete er seine Augen und sah sie an. „Wir können reden, aber nur, wenn du versprichst, nicht zu hinterfragen, was gerade passiert ist."

„Aber ..."

„Aber was? Wir haben doch schon darüber geredet. Ich will dich schon seit Jahren, und ich bin es leid, das abzustreiten. Wenn du mir jetzt erzählst, dass du das, was da gerade passiert ist, gar nicht wolltest, glaube ich dir kein Wort", stellte er unmissverständlich klar.

Phoebe sah ihn einen langen Augenblick lang an. Sie konnte ihn nicht anlügen, aber sie verstand immer noch nicht ganz, was er da sagte. Zum ersten Mal in ihrem Leben beschloss sie, in diesem besonderen Augenblick zu verharren. Sie nickte langsam in die sanfte Stille hinein und legte ihren Kopf an seine Schulter. So schliefen sie ein – ihre Beine umschlangen die seinen, und seine Handfläche strich langsam ihren Rücken auf und ab, bis sie verstummte, als er eingeschlafen war.

KAPITEL VIER

Jake steckte die Hände in die Taschen und zog sich die Kapuze seiner Jacke über den Kopf. Er lief über den Parkplatz des Krankenhauses und der frühe Winterwind peitschte über den weitläufigen Platz. Er trat durch die Drehtür am Eingang und genoss die Wärme, sobald er das Krankenhaus betrat. Egal zu welcher Tageszeit, im Krankenhaus herrschte reger Betrieb. Es war noch nicht einmal acht Uhr morgens und es war schon viel los. Jake machte sich auf den Weg zum Aufzug, der ihn zur Schwesternstation im zweiten Stock brachte. Phoebe und Shana arbeiteten auf der Normalstation, die für Patienten gedacht war, die über die Notaufnahme kamen, aber keine Betreuung in einer Fachabteilung brauchten.

Er wollte sich als Handwerker ausgeben und so tun, als würde er im Zimmer des Mannes, von dem Phoebe und Rosie dachten, er sei ein Shifter und unter falschem Vorwand im Krankenhaus, einige einfache Reparaturen an den Fenstern durchführen. Rosie kam ihm entgegen, als er aus dem Aufzug stieg. Sie hatte ein strahlendes Lächeln aufgesetzt, ihre blonden

Locken und ihre warmen blauen Augen entlockten ihm sofort ein Schmunzeln.

„Hey Rosie."

„Perfektes Timing", erwiderte sie und begleitete ihn schnell in den Pausenraum, wo Phoebe einen Werkzeugkasten für ihn bereitgestellt hatte. Er war den Plan gestern mit Dane und Hank durchgegangen und hatte ihn mit Phoebe besprochen. Sie waren sich einig, dass es das Beste war, wenn Phoebe nicht in seiner Nähe war, wenn er ins Krankenhaus kam. Jake wusste nicht, ob er die Wirkung, die sie auf ihn ausübte, verbergen konnte, besonders wenn der Mann ein Shifter war. Berglöwen waren äußerst besitzergreifend, wenn es um ihre Gefährtinnen ging. Jakes Gefühle für Phoebe würden auch ohne ein einziges Wort offenkundig werden. Das barg allerdings die Gefahr, dass der Mann sofort merken würde, dass Jake ein Shifter war und wie wichtig Phoebe für ihn war. Und wenn der Mann noch nicht wusste, dass Jake ein Shifter war, hatte es keinen Sinn, es ihm allzu leicht zu machen, das herauszufinden. Der Plan sah vor, dass Rosie ihn begleiten würde. Sie hielten sich an die Vereinbarung, dass, wer auch immer dieser Mann war, niemand mit ihm allein sein würde.

Nachdem Jake seine Jacke in einem Spind verstaut hatte, war er startklar. Phoebe hatte ihm bereits eine der Uniformen besorgt, die das Wartungspersonal im Krankenhaus trug, also konnte es losgehen. Rosie bedeutete ihm, ihr zu folgen. Sie liefen durch die Zimmer, wobei er die Fenster in jedem Raum überprüfte und überall, wo es nötig war, Isolierband anbrachte. Die Winter in Maine waren lang und kalt, also war dies eine routinemäßige Instandhaltungsmaßnahme, die niemand in Frage stellen würde. Als sie schließlich das Zimmer von Paul Malone betraten, trat

Jake zuerst ans Fenster und nickte Paul knapp zu, während Rosie seine Vitalwerte untersuchte.

Rosie hatte das restliche Isolierband vom letzten Winter entfernt, während Paul gestern geduscht hatte. So hatte Jake genug zu tun. Während Rosie sich mit Paul unterhielt, mischte sich Jake beiläufig in ihr Gespräch ein. Jake wusste sofort, dass Paul ein Shifter war. Oberflächlich betrachtet deutete nicht viel darauf hin, aber der Löwe in ihm wusste, wer der Löwe in Paul war. Und Jake gefiel ganz und gar nicht, was er fühlte. Pauls Energie war angespannt und enthielt einen Hauch von Böswilligkeit. Jake wusste nicht genau, was Paul vorhatte, aber er traute seiner Anwesenheit in Catamount und vor allem im Krankenhaus nicht.

Die Sorge um Phoebe schnürte ihm den Magen zusammen. Paul verriet nicht viel, schien aber auch nichts zu verbergen. Er erzählte beiläufig, dass er von „nirgendwo und überall" stamme und behauptete, er sei ein Kind des Militärs gewesen und wäre nie irgendwo sesshaft geworden. Nachdem Jake seine Zeit in dem Zimmer voll ausgeschöpft hatte und es mehr als klar war, dass sie aus Paul so gut wie nichts mehr herausbekommen würden, machten er und Rosie sich auf den Weg in die nächsten Zimmer, bevor er den Werkzeugkasten in den Pausenraum zurückbrachte und das Krankenhaus verließ.

Auf dem Weg nach draußen warf er noch einen Blick auf Phoebe, was ihm deutlich vor Augen führte, warum es keine gute Idee gewesen wäre, wenn sie zusammen mit ihm in Pauls Zimmer gewesen wäre. Der Anblick ihrer dunklen Locken, die zu einem Pferdeschwanz zusammengebunden waren und wippten, als sie vor ihm um eine Ecke im Flur bog, ließ sein Herz höherschlagen. Das Wiegen ihrer üppigen

Hüften löste eine Welle der Lust in ihm aus. Jahrelang aufgestautes Verlangen tobte in ihm. Normalerweise war er der Auffassung, dass er sich bei Frauen unter Kontrolle hatte. Aber bei Phoebe hatte er jegliche Kontrolle verloren. Es hatte ihn *all* seine Willenskraft gekostet, ihr nicht den Flur entlang nachzujagen und sie für einen Kuss an die Wand zu drücken.

———

Phoebe schob sich durch die Tür von Roxanne's Country Store, die kalte Luft wirbelte um sie herum, als sie die Tür schnell schloss. Sie steuerte direkt auf die Feinkostabteilung im hinteren Teil zu. Der Duft von frisch gebackenem Brot wehte in der Luft. Roxanne stand hinter dem Tresen, schenkte mit einer Hand eine Tasse Kaffee ein und nahm mit der anderen eine Bestellung auf. Roxanne's war ein fester Bestandteil von Catamount. Roxannes Großvater hatte den Laden kurz nach ihrer Geburt gegründet und ihr zu Ehren benannt. Nach dem Tod ihrer Eltern hatte Roxanne den Laden geerbt. Dass das Geschäft von einer der ersten Shifterfamilien in Catamount geführt wurde, hatte wahrscheinlich dazu beigetragen, dass der Laden gut lief, obwohl seine Beliebtheit auch dann nicht nachgelassen hatte, als die Stadt weiter gewachsen war und immer mehr Einwohner hinzugekommen waren, die nicht nur keine Shifter waren, sondern auch keine Ahnung hatten, dass es Shifter überhaupt gab. Roxanne's florierte dank des leckeren Essens, der gemütlichen Atmosphäre und der einzigartigen Lage des Ladens, der mehrere Funktionen zugleich erfüllte – Lebensmittelgeschäft, Haushaltswaren, Tankstelle, Feinkostladen und Café, das sich nach Sonnenuntergang in eine gemütliche Bar verwandelte.

Phoebe traf sich hier mit Shana für eine Kaffeepause am späten Nachmittag. Gerade lehnte sie an der Theke und sah sich die Specials auf der Kreidetafel an. Roxanne wandte sich ihr zu, nachdem sie noch jemand anderen bedient hatte.

„Hey, Süße, wie geht's?", fragte Roxanne mit einem Lächeln. Dabei rückte sie den Stift zurecht, den sie in den lockeren Knoten ihrer blonden Haare gesteckt hatte. Roxanne war von kräftiger Statur und strahlte gesunden Menschenverstand aus. Sie hatte einen kleinen Kreis enger Freunde, und Phoebe war froh, dazuzugehören. Aufgrund ihrer Arbeit und ihrer Persönlichkeit kannte Roxanne mehr Klatsch und Tratsch als jeder andere in der Stadt. Ihr breites Lächeln und ihre herzliche Art sorgten dafür, dass die Leute unvorsichtiger wurden.

„Alles in allem ziemlich gut, auch wenn die Messlatte für gut dieser Tage ziemlich niedrig liegt", antwortete Phoebe und bezog sich damit auf die Unruhen in Catamount. Roxanne gehörte auch zu den wenigen Leuten, denen Phoebe im Augenblick vertraute. Sie war eine Shifterin und äußerst zuverlässig.

Roxannes Augen nahmen einen ernsten Ausdruck an. „Das kannst du laut sagen. Gibt es eigentlich irgendwelche Neuigkeiten von unserem Freund im Krankenhaus?"

Phoebe schüttelte den Kopf und erinnerte sich an Jakes gestrige „Reparaturen", wobei sie nur erfahren hatte, dass er ihre Meinung teilte, dass der Mann ein Shifter war.

Roxanne nickte. „Also, was darf es heute Nachmittag für dich sein?"

„Für mich nur Kaffee."

Roxanne nickte und schenkte ihr schnell eine

Tasse ein. Nachdem sie bezahlt hatte, setzte sich Phoebe an einen Tisch in der Ecke. Wenige Minuten später gesellte sich Shana zu ihr. Shanas goldbraunes Haar fiel ihr seidig den Rücken hinunter. In ihren sanften grauen Augen lag eine Traurigkeit, die seit Callens Tod ungebrochen war. Die Nachricht von Callens Verrat an den Shiftern von Catamount hatte Shana zutiefst erschüttert. Shana war seit der Grundschule eine von Phoebes engsten Freundinnen gewesen. Phoebe hätte Shanas Schmerz am liebsten weggewischt, aber sie wusste, dass das nicht möglich war, also konnte sie nur versuchen, für sie da zu sein.

„Heute war ein ziemlich durchgeknallter Tag auf der Arbeit", meinte Shana zur Begrüßung.

Phoebe nickte. „Ich weiß. In den letzten Wochen scheint es auf der Arbeit kaum auszuhalten zu sein."

Shana nickte und drehte sich zu Roxanne um, die mit einer Tasse Kaffee an den Tisch gekommen war.

„Ich dachte mir, ich erspare dir deine Bestellung und bringe dir deinen Kaffee. Du holst dir ja doch immer bloß das Gleiche", meinte Roxanne mit einem warmen Grinsen.

Shana erwiderte ihr Lächeln, das zwar schmal, aber echt war. „Danke."

Roxanne stellte Shanas Kaffee ab und war schon auf dem Weg zum nächsten Kunden, als ihr Name von der Sandwichtheke aus aufgerufen wurde.

Shana nahm einen Schluck Kaffee und blickte zu Phoebe hinüber. „Okay, spuck's schon aus."

„Was denn?"

„Wer liegt in dem Zimmer am Ende vom linken Flügel? Du und Rosie habt euch praktisch gegenseitig dabei übertroffen, dass ich nicht für die Visite in diesem Flügel eingeteilt worden bin. Es ist höchste

Zeit, dass alle aufhören, mich wie ein rohes Ei zu behandeln."

Phoebe sah Shana an, deren Gesichtsausdruck einen Hauch von Trotz enthielt. Alle, die Shana nahestanden, hatten alles getan, um sie vor dem ständigen Getuschel über Callen zu schützen. Phoebe wusste, dass das irgendwann aufhören musste, aber sie wollte nicht, dass Shana noch mehr verletzt wurde, als sie ohnehin bereits war. „Shana, niemand möchte, dass du es unnötig schwerer hast, als es sein muss. Besonders nach dem, was du in den letzten Wochen durchgemacht hast."

Da richtete sich Shana in ihrem Sitz auf und hielt Phoebes Blick stand, ihr Blick war klar, aber müde. „Es war die Hölle, aber vielleicht kann ich helfen. Ich hatte doch keine Ahnung, was Callen da hinter meinem Rücken getrieben hat, aber immerhin war er mein Mann. Vielleicht kann ich dabei helfen, Licht in die Sache zu bringen."

„Bist du dir da sicher?", fragte Phoebe und war sich nicht ganz sicher, ob das ihrer Freundin helfen würde, mit dem Ausmaß an Verrat umzugehen, für den ihr verstorbener Mann vor seinem Tod verantwortlich gewesen war.

Shana nickte entschlossen. „Ja. Ich kann nicht fassen, was wir seit Callens Tod alles herausgefunden haben. Aber das ändert nichts an der Tatsache, dass ich ihn zwar geliebt habe, aber nicht den Mann, der das alles getan hat. Auf eine seltsame Art und Weise ist es fast leichter, sich mit seinem Tod abzufinden, wenn ich weiß, dass der Mann, den ich geliebt habe, bloß eine Fassade gewesen ist. Was mich im Augenblick wahnsinnig macht, ist die Tatsache, dass ich nicht erkannt habe, was er da abgezogen hat, und dass ich zu blind war, um es zu bemerken. Ich möchte aus mehr als einem Grund helfen. Ich möchte sicherstellen, dass die Shifter von Catamount nicht in Gefahr sind, und ich bin überzeugt, dass ich besser über die Sache hinwegkomme, wenn ich dabei helfen kann, die Wahrheit herauszufinden."

Phoebe nickte langsam. „Na gut, ich kann dich gut verstehen. Vielleicht solltest du mit Dane darüber sprechen, wenn du helfen möchtest."

Shana verdrehte die Augen. „Mein großer Bruder wird wohl kaum zustimmen, dass ich mich da einmische. Nach dem, was mit Chloe vorgefallen ist, ist er völlig überbesorgt. Ich muss ganz woanders anfangen und dann hat er gar keine andere Wahl, als zuzulassen, dass ich mitmische."

„Ich bin mir nicht sicher, wie du etwas mit den Ermittlungen zu tun haben sollst, ohne dass Dane davon weiß."

„Wenn du mich mithelfen lassen würdest, wäre ich dabei."

Phoebe musterte sie ungläubig. „Und wie soll ich dich bitte mithelfen lassen?"

„Für den Anfang könnten du und Rosie mir vielleicht verraten, wer sich da im linken Flügel versteckt und warum Jake gestern im Krankenhaus war und so getan hat, als wäre er ein Handwerker."

Phoebe seufzte und schüttelte den Kopf. Sie konnte sich ein leichtes Lächeln nicht verkneifen. Auch wenn sie Bedenken hatte, bezweifelte sie nicht, dass Shana alles tun würde, um mitzuhelfen. Ganz zu schweigen davon, dass es fast unmöglich war, vor Shana, einer ihrer engsten Freundinnen seit Jahren, irgendetwas zu verheimlichen.

Innerhalb einer halben Stunde hatte sie Shana über ihren und Rosies Verdacht gegen Paul informiert und von Jakes Masche erzählt, sich als Handwerker zu verkleiden, um die Situation selbst zu beurteilen. Obwohl Shana sich dafür aussprach, sich selbst ein Bild von Paul machen zu dürfen, war Phoebe dagegen. Einerseits machte sie sich selbst Sorgen um Shana, andererseits wusste sie, dass Dane und damit auch Jake ein Wörtchen mitzureden haben würden. Im Hinterkopf wusste sie jedoch, dass Shana ein Recht darauf hatte, ihre eigenen Entscheidungen zu treffen und sich nicht von ihrem überfürsorglichen Bruder und anderen abschirmen zu lassen.

„Auf gar keinen Fall", erwiderte Phoebe und schüttelte entschieden den Kopf. „Wir haben doch überhaupt keine Ahnung, was er vorhat, aber wenn er es auf dich abgesehen hat, können wir nicht zulassen, dass du irgendwelche Risiken eingehst."

Shana warf ihre Hände in die Höhe. „Wenn er weiß, wer ich bin, dann weiß er auch, wie ich aussehe. Ich bin sicher, dass er weiß, dass ich im Krankenhaus arbeite. Wir sollten uns an die Devise halten: Halte dir deine Freunde nah und deine Feinde noch näher."

Phoebe musterte sie und drehte eine Locke um ihren Finger. „Na gut, da hast du Recht. Aber was soll das bringen? Wir drehen schon die üblichen Runden in seinem Zimmer. Irgendwie schafft er es immer wieder, mit irgendwelchen unklaren Symptomen aufzutauchen, die seine Entlassung verhindern. Was soll sich daran ändern, wenn wir dich in die Sache einbeziehen?"

Shana zuckte mit den Schultern. „Keine Ahnung, aber je mehr von uns er begegnet, desto größer ist die Wahrscheinlichkeit, dass er irgendwann einen Fehler macht."

Phoebe nickte. „Das stimmt. Aber du musst dich an die gleichen Regeln halten wie wir anderen auch: Du darfst da nicht allein reingehen."

Shana nickte energisch. „Versprochen. Also gut, das reicht für den Augenblick. Sobald ich ihn mir angesehen habe, melde ich mich bei Dane. Er wird zwar anfangs ausflippen, aber irgendwann beruhigt er sich schon wieder." Sie seufzte. „Ich verstehe ja, warum er sich Sorgen macht, aber ich kann nicht einfach zu Hause rumsitzen und warten, bis die Sache ausgestanden ist."

„Ich weiß. Wie wäre es, wenn du heute Abend zum Essen vorbeikommst?"

Shana willigte schnell ein. Danach stellten sie ihre leeren Kaffeetassen wieder auf den Tresen und begaben sich nach draußen. Phoebe war gerade auf dem Weg zu ihrem Auto auf der anderen Seite des Parks, als sie ihren Namen hörte. Sie blickte auf und sah Jake, der an seinem Truck lehnte, der unmittelbar neben ihrem Auto auf der Straße geparkt war. Ihr Herz schlug wie wild vor Freude, egal wie sehr sie sich bemühte, sich keine allzu großen Hoffnungen zu machen. Die Sehnsucht nach Jake, die jahrelange Liebe zu ihm und der Umstand, dass sie ihre Gefühle so gut unter Verschluss gehalten hatte, machten es ihr schwer, sich von ihren Hoffnungen und Träumen zu lösen.

Jakes hellbraunes Haar schimmerte unter den Lichtern der Weihnachtsbeleuchtung. Es war später Nachmittag gewesen, als sie das Roxanne's betreten hatte. In der kurzen Zeit, die sie drinnen verbracht hatte, war die Sonne weiter gesunken. Die Lichter der Stadt flackerten auf, während der Halbmond über den Bäumen aufging. Der stechende Geruch von Balsam durchzog die kalte Luft. Phoebe lief über die Wiese, der Schnee dämpfte ihre Schritte.

Jakes Blick verfolgte sie auf Schritt und Tritt, seine blauen Augen leuchteten in dem schwindenden Licht.

Ihr Herz trommelte gegen ihre Brust, Schmetterlinge tummelten sich in ihrem Bauch, und sie lief weiter auf Jake zu. Wenige Schritte von ihm entfernt kam sie zum Stehen. Seine Augen funkelten, als er die Hand ausstreckte und einen Finger an ihrem Gürtel einhakte. Sie hatte sich nicht die Mühe gemacht, den Reißverschluss ihrer Jacke zu schließen. Wie in Zeitlupe zog er sie nach zu sich und nahm sie direkt in seine Arme.

Sie wusste nicht, wie sie mit dieser unerwarteten Veränderung in ihm umgehen sollte – er behandelte sie nicht länger wie eine gute Freundin, sondern wie die Frau, die für ihn viel mehr als das war. Das konnte ihr Verstand nicht begreifen. Aber sie hätte sich nicht zurückziehen können, selbst wenn ihr Leben davon abgehangen hätte. Am Ende eines langen Arbeitstages und unter dem ständigen Druck der Sorgen in seine warme, starke Umarmung gehüllt zu sein, war einfach himmlisch.

„Hi", sagte sie und ihre Stimme klang gedämpft gegen seine Fleecejacke.

Aus seiner Brust dröhnte ein Lachen. „Selber hi." Dann lehnte er sich zurück gegen den Truck. Sie hob ihren Kopf und sah zu ihm auf.

„Wie war dein Tag?", fragte sie.

Seine Augen wurden ernst. „Viel zu tun. Keine neuen Spuren. Wir wühlen uns nur durch das, was wir bereits haben. Und bei dir?"

Phoebe zuckte mit den Schultern. „Im Krankenhaus war mehr los als sonst, aber es gibt nichts Neues. Was machst du eigentlich hier?"

Er lächelte und in seinen Augenwinkeln zeichneten sich kleine Fältchen ab. „Ich habe dein Auto gesehen und beschlossen, auf dich zu warten. Ich hatte gehofft, ich könnte dich überreden, mit mir zu Abend zu essen."

Phoebe dachte, sie würde auf der Stelle dahinschmelzen, aber sie musste den Kopf schütteln. „Ich habe heute Abend Shana zum Essen eingeladen. Aber du kannst gerne dazukommen."

Kaum hatte sie das gesagt, wurde sie ganz verlegen. Sie konnte sich kaum an das gewöhnen, was Jake behauptet hatte – dass er sie seit Jahren begehrte und dass das, was da zwischen ihnen beiden passierte, erst der Anfang war –, aber sie wusste auch nicht, ob er wollte, dass irgendjemand von ihnen wusste. Sie hatte auch nicht die geringste Ahnung, was es da überhaupt zu wissen gab. Hatten sie eine Affäre? Oder steckte da mehr dahinter, viel mehr? Sie war unsicher und wusste, dass es nicht gut für sie war, weiterzumachen, ohne diese Fragen mit Jake zu klären. Aber das konnte sie jetzt, mitten in Catamount, nicht tun.

Bevor sie ihre Einladung zurücknehmen konnte, nickte Jake. „Sehr gerne. Ich habe Shana in den letzten Wochen ohnehin höchstens ein paar Minuten am Stück gesehen. Soll ich etwas mitbringen?"

„Wein, wenn du möchtest. Ich weiß noch nicht, was ich kochen werde, also hoffe ich, dass du nichts gegen eine Überraschung einzuwenden hast."

Jake grinste. „Du bist eine der besten Köchinnen, die ich kenne. Was auch immer du zauberst, ist garantiert köstlich."

Dann beugte er sich vor und küsste sie schnell und leidenschaftlich auf die Lippen. In weniger als drei Sekunden meinte Phoebe, in Flammen aufzugehen. Bevor er sich von ihr löste, knabberte er sanft an ihrer Unterlippe. „Soll ich in etwa einer Stunde vorbeikommen?"

Sie nickte. Benommen stieg sie in ihr Auto und

ließ es ein paar Minuten warmlaufen, nachdem sie es gestartet hatte. Ihr ganzer Körper kribbelte. Dann fuhr sie sich mit den Fingern über die Lippen, als ob sie das Gefühl, das Jake hinterlassen hatte, für immer festhalten könnte.

KAPITEL FÜNF

Jake betrat Phoebes Haus und lächelte. In der Ecke ihres Wohnzimmers hatte sie einen kleinen Weihnachtsbaum aufgestellt, eine junge Balsamtanne, die sie im Frühjahr einpflanzen würde. Es war wieder mal typisch Phoebe, dass sie auf einen lebenden Weihnachtsbaum bestand. Sie hasste es, Bäume zu fällen, nur um sie zu schmücken und dann zuzusehen, wie sie vertrockneten und starben. Solange er sich erinnern konnte, waren ihre Weihnachtsbäume lebendig und ihre Wurzelballen in einer mit rotem Filz verkleideten Edelstahlwanne eingeweicht. Jedes Frühjahr suchte sie den passenden Platz, um den Baum einzupflanzen. Sie schmückte ihn lediglich mit Lichtern, die sie um den Baum herum anbrachte, und sonst nichts. Im Holzofen flackerte ein Feuer. Er folgte dem Klang von Phoebes Stimme in die Küche.

Während er hergefahren war, war ihm eingefallen, dass er und Phoebe noch gar nicht darüber gesprochen hatten, wie sie mit ihren vielen gemeinsamen Freunden über ihre Beziehung sprechen sollten. Er hatte zwar nicht vor, etwas zu verheimlichen, aber er fand, dass sie unbedingt darüber sprechen sollten. Wäre irgendeine andere Freundin zu Gast gewesen, hätte er nicht gezögert, Phoebe besinnungslos zu küssen, wie er das jedes Mal tun wollte, wenn er sie sah, und sich die Erklärungen für später aufgehoben. Aber nach allem, was Shana durchgemacht hatte, war er sich nicht so sicher, ob sie die neu entdeckten Gefühle zwischen ihm und Phoebe unbedingt mitansehen musste. Er nahm sich vor, während des Abendessens die Finger von Phoebe zu lassen. Und hoffentlich würde ihm das auch gelingen.

Phoebe stand mit dem Rücken zu ihm, als er die Küche betrat. Sie schnitt gerade etwas auf der Arbeitsplatte. Ihre Haare waren zu einem lockeren Knoten gebunden und fielen wahllos auf die Seite. Sie trug ein weiches Baumwollshirt aus leuchtend rotem Stoff, das ihre Kurven umschmeichelte und die Vertiefung in ihrer Taille und die Ausbuchtung ihrer Hüften betonte. Er unterdrückte den Drang, zu ihr hinüberzugehen, ihren Hals zu küssen und ihren knackigen Po in seine Hände zu nehmen.

„Hey Jake, schön, dich zu sehen", freute sich Shana, als sie vom Tisch aufstand.

Jake kam auf sie zu und umarmte sie kurz. „Wie geht es dir?", fragte er, als er sich von ihr löste und ihr in die Augen sah.

Shana lächelte sanft, ihre Augen wirkten zwar müde, aber entschlossen. Er ahnte, dass sie sich entschieden hatte, sich dem Chaos zu stellen, das Callen hinterlassen hatte. Sie nickte bestimmt. „Ich komme schon klar. Heute bin ich wieder zur Arbeit gegangen."

Er trat von ihr zurück, als sie sich hinsetzen wollte. „Schön zu hören, dass du wieder arbeiten gehst." Dann hielt er inne und überlegte, worüber er mit ihr reden sollte. Es gab so viele Vorkommnisse, die mit Callen zu tun hatten, und doch war Shana mit seinem Verrat allein gelassen worden.

Shana betrachtete ihn. „Scheu dich nicht, in meiner Gegenwart offen zu reden. Ich habe Phoebe bereits gesagt, dass ich es leid bin, dass alle mich wie ein rohes Ei behandeln. Callen ist gestorben und das ist furchtbar. Außerdem weiß ich inzwischen, dass er nicht der war, für den ich ihn gehalten habe, was die Sache noch schlimmer macht. Die Stadt ist in heller Aufregung, also tu bitte nicht so, als ob nichts los wäre. Ich halte es jedenfalls für das Beste, wenn ich erfahre, was passiert ist. Sonst muss ich mir alles selbst in meinem Kopf zusammenreimen, und das ist noch schlimmer."

Jake dachte über Shanas Worte nach. Seit er über Callens Verrat gestolpert war, hatte er sich immer wieder gefragt, wie es Shana wohl dabei ging. Sie war eine starke Frau, eine der stärksten Shifterinnen in der Gegend. Er hatte vermutet, dass Callens Verrat sie deshalb noch mehr treffen würde. Sie war neben Callen eine Anführerin in Catamount gewesen. Obwohl sie von jeglicher Verwicklung in Callens Machenschaften entlastet worden war, gab es Gerüchte. Und Jake wusste, dass diese Gerüchte wehtaten. Es überraschte ihn nicht, dass sie sich der Sache stellen wollte, so war sie nun mal. Also begegnete er ihrem Blick und nickte entschlossen.

Phoebe wandte sich ihnen zu, legte das Schneidemesser auf den Tresen und wischte sich die Hände an einem Küchentuch ab. Dabei sah sie ihm in die Augen. Zwischen ihnen floss die pure Elektrizität. Jake zwang sich, ganz ruhig stehen zu bleiben, und versuchte, sie lässig anzulächeln.

„Shana möchte bei den Ermittlungen helfen",

stellte Phoebe fest, während sie ihm in die Augen sah. „Ich denke, du solltest sie lassen. Vielleicht kann sie uns ja den richtigen Weg weisen. Sie hatte zwar keine Ahnung, was Callen alles getrieben hat, aber vielleicht kann sie herausfinden, was seine Decknamen zu bedeuten haben. Was denkst du?"

Jake wandte seinen Blick von Phoebe ab und sah zu Shana. „Shana, ich weiß nicht, ob das so eine gute Idee ist."

Shana unterbrach ihn mit entschlossener Miene. „Jake, es macht mich ganz krank, zu erfahren, was Callen alles angerichtet hat. Bitte lass mich versuchen zu helfen. Wenn du mir nicht vertraust, kannst du mir bei jedem Schritt über die Schulter schauen."

Jake schüttelte den Kopf. „Natürlich vertraue ich dir! Wir alle vertrauen dir. Falls du dich fragst ..."

Da unterbrach Shana ihn wieder. „Da du es nicht aussprechen möchtest, werde ich das tun. Wenn ich du wäre, würde ich mir auch so meine Gedanken machen. Callen war mein Mann. Ich habe ihn geliebt, oder zumindest den Mann, für den ich ihn gehalten habe. Mir ist schleierhaft, wie er das, was er getan hat, so gut verbergen konnte. Ich habe nur gewusst, dass er versucht hat, mit den Shiftern im Westen Kontakt aufzunehmen. Ich frage mich, wie ich bloß so blind sein konnte. Ich kann dir und allen anderen nicht verdenken, dass ihr misstrauisch seid." Shanas Augen schimmerten vor Tränen, als sie zwischen ihm und Phoebe hin und her sah.

Phoebe bewegte sich auf sie zu, aber Shana machte eine abwinkende Handbewegung. Sie wischte sich die Tränen weg und holte ruckartig Luft. Phoebes Blick traf den seinen, und er konnte nicht anders, als zu ihr zu gehen und sie in seine Arme zu ziehen. Er wusste, dass es sie zutiefst schmerzte, ihre

Freundin so etwas durchmachen zu sehen. Deshalb hielt er es für das Beste, ehrlich gegenüber Shana zu sein.

Er begegnete Shanas Blick. „Ich vertraue dir, weil ich dich schon ewig kenne, und ich habe überhaupt keinen Zweifel daran, dass du nichts mit dem zu tun hattest, was Callen da getan hat. Aber ich habe auch dafür gesorgt, dass mein Vertrauen durch Tatsachen untermauert wird. Als ich über Callens E-Mail-Adressen gestolpert bin, habe ich jede einzelne E-Mail, die er verschickt hat, mit deinen Arbeitszeiten im Krankenhaus abgeglichen. Du bist nie zu Hause gewesen, als diese E-Mails verschickt worden sind." Er blickte Phoebe an und war erleichtert, dass sie bereits Bescheid wusste, dass er das getan hatte. Er hatte das einfach tun müssen, nicht, weil er Shana nicht vertraute, sondern aus genau dem Grund, aus dem Shana dachte, dass die Leute an ihr zweifeln könnten. „Falls du jetzt meinst, dass ich das getan habe, weil ich dir nicht vertraue, irrst du dich. Ich wollte damit sicherstellen, dass niemand einen Grund hat, an dir zu zweifeln."

Shana sah ihn unverwandt an. „Ich bin echt erleichtert, dass du das getan hast. Ich ..." Sie hielt inne, ihr Atem stockte. „... ich weiß nur nicht, wie ich auf Callens Lügen überhaupt hereinfallen konnte. Ich bin so unglaublich sauer auf ihn, aber er ist weg, also kann ich überhaupt nichts dagegen tun. Ich würde mich so gerne mit seiner Familie unterhalten, aber ich traue mich nicht. Ich habe Angst davor, was ich sagen könnte und was sie wissen könnten. Habt ihr euch außer Randall noch über andere Leute schlau gemacht?"

Jake nickte. „Wir ermitteln gegen jeden, der mit Callen in Verbindung steht. Ich verspreche dir, wir gehen der Sache auf den Grund. Wenn du uns helfen möchtest, lass uns zuerst mit Dane reden."

Shana verdrehte die Augen. „Das hat Phoebe auch gesagt. Aber du weißt doch, dass er mich nicht in die Nähe dieser Sache lassen wird. Er ist so besorgt darüber, dass Chloe entführt worden ist, dass ich ihm jeden Tag meinen Terminplan vorlegen muss."

Jake zuckte mit den Schultern. „Für mich hört sich das durchaus vernünftig an." Wenn es nach Jake ginge, müsste sich jede Frau, die ihm etwas bedeutete, egal ob Familie oder Freunde, von dem Schlamassel fernhalten, den Callen hinterlassen hatte. Die Erinnerung an Chloes Entführung brachte ihn in Rage.

Jetzt musste Phoebe sich einmischen. „Ist das dein Ernst? Jake, niemand kann von Shana erwarten, dass sie sich jeden Tag bei Dane meldet!"

Jake blickte in Phoebes Augen, die genervt aufflackerten. Nach Chloes Entführung durch Callens jüngeren Bruder Randall und einen von Callens Kontakten aus Montana hatte sich Jake Sorgen um jeden gemacht, der mit Shiftern in Catamount zu tun hatte. Sein engster Freund Dane war nach Chloes Entführung natürlich übervorsichtig. Immerhin befand sich Danes Familie mitten im Zentrum dieses Sturms: Shana war seine Schwester und Chloe seine Verlobte. Der Gedanke, dass Phoebe etwas zustoßen könnte, trieb Jake den Angstschweiß auf die Stirn. Er blickte zwischen Phoebe und Shana hin und her. Am liebsten hätte er ihnen befohlen, sich aus der Sache herauszuhalten. Aber er kannte sie beide gut genug, um zu wissen, dass das genau das Gegenteil bewirken würde. In Anbetracht seines ausgeprägten Beschützerinstinkts musste er sich mächtig anstrengen, aber er biss sich auf die Zunge und zwang sich, ganz ruhig weiterzusprechen.

„Wir machen uns doch alle Sorgen. Nach dem, was Chloe widerfahren ist, ist das Letzte, was wir wollen, dass noch jemand gekidnappt wird. Wir wissen bereits von dem Mann im Krankenhaus." Er hielt inne, als ihm klar wurde, dass Shana vielleicht noch keine Ahnung hatte. Als er zu Phoebe schaute, deutete sie mit einem Nicken in Shanas Richtung.

„Sie weiß Bescheid. Wir haben ihr zwar nichts gesagt, aber sie hat es selbst rausgekriegt", stellte Phoebe fest.

Shana verdrehte die Augen. „Als ob ich nicht merken würde, dass ihr alle versucht, mich von einem ganzen Flügel auf unserer Etage fernzuhalten." Mit einem Blick auf Jake fuhr sie fort. „Darum geht es ja gerade. Mich wie ein rohes Ei zu behandeln, ist nicht gerade hilfreich. Es ist ja nicht so, dass ich nichts mitbekomme. Ich kann ja verstehen, warum Dane sich Sorgen macht, wirklich. Ich möchte bloß versuchen zu helfen, wenn ich kann."

Jake nickte langsam. „Ich bespreche das morgen mit Hank und Dane. Ich habe überhaupt nichts dagegen, wenn du mir hilfst, den Berg von E-Mails zu sichten, durch den ich mich gerade wühle. Vielleicht hast du ja einen Einblick in die verschiedenen Decknamen und möglicherweise hat Callen auch das eine oder andere erzählt über die Leute, mit denen er zusammengearbeitet hat."

Shana nickte heftig. „Wie wäre es, wenn wir uns morgen früh in deinem Büro treffen?"

„Wie wäre es, wenn wir Dane vorher Bescheid sagen?", konterte er. „Wenn überhaupt, wäre es ihm bestimmt am liebsten, wenn du mit mir zusammenarbeiten würdest."

Shana schnaubte, aber sie widersprach nicht. Und so ging die Unterhaltung weiter. Jake war froh, Shana zu sehen, aber das Abendessen führte ihm eine traurige Wahrheit vor Augen. Solange er nicht wusste, dass die Shifter von Catamount nicht mehr in Gefahr waren, würde es keine unbeschwerten Abendessen mit Freunden mehr geben, bei denen sie sich nicht von den Gefahren bedroht fühlten, die sie umgaben. Der von Callen begangene Verrat war weiterhin verheerend. Sein jüngerer Bruder saß im Gefängnis, wo er seine Geheimnisse vorerst für sich behielt. Überall tauchten Fragen auf, wer sonst noch in die Sache verwickelt sein könnte.

Falls Shana bemerkt hatte, dass es zwischen ihm und Phoebe knisterte, ließ sie sich nichts davon anmerken. Jake musste sich mit all seiner Kraft zurückhalten, um seine Finger von Phoebe zu lassen. In den vielen Jahren der Freundschaft waren Abendessen mit Phoebe und anderen gemeinsamen Freunden keine Seltenheit gewesen. Obwohl er daran gewöhnt war, seine Gefühle im Zaum zu halten, hatte er nicht ahnen können, wie schwierig es werden würde, sobald die Katze erst mal aus dem Sack war.

Allein die alltägliche Aufgabe, Phoebe nach dem Essen beim Abwasch zu helfen, während Shana dabei war, trieb seinen Körper bis an die Schmerzgrenze. Phoebes Küche hatte sich noch nie so klein angefühlt. Die Berührung ihres Arms an seinem, das Wiegen ihres Haars, wenn es frei herabfiel, ihr stockender Atem, wenn er dem Drang nachgab und rasch mit der Hand über ihre Hüfte strich, während Shana auf der Toilette war – jeder winzige Augenblick verstärkte das Verlangen in ihm.

Phoebes dunkle Augen musterten ihn, als sich Shanas Schritte wieder der Küche näherten. Er konnte nicht anders, trat näher an sie heran und drückte ihr einen Kuss auf den Hals.

„Jake, was machst du da?", flüsterte sie heftig.

Er wich zurück, als Shana die Küche betrat, und genoss die Zufriedenheit, die in ihm aufstieg, als er sah, wie Phoebes Wangen rot wurden.

Shana trat an den Tisch, schnappte sich ihre Handtasche und hängte sie sich über die Schulter. Dann verabschiedete sie sich schnell und versicherte Jake, dass sie morgen früh in seinem Büro sein würde. Phoebe folgte ihr zur Tür. Jake lehnte an der Wand und sah zu, wie Phoebe die Tür hinter Shana schloss. Das Feuer im Holzofen war bis auf die Glut heruntergebrannt und die flackernden Funken vermischten sich mit dem sanften Licht der Weihnachtsbeleuchtung am Baum.

Phoebe wandte sich um und lehnte sich gegen die Tür. Ihr Haar fiel ihr in dunklen Locken um die Schultern. Ihr fragender Blick traf den seinen. Da näherte er sich ihr mit schnellen Schritten und beantwortete ihre unausgesprochene Frage mit einem Kuss. Sie keuchte auf, als er seine Lippen auf die ihren legte. Er hatte eigentlich vorgehabt, sanft zu sein, aber in dem Augenblick, als sie ihren Mund öffnete, wurde sein Kuss stürmisch. Ihre Berührung hatte die Lust entfacht, die er kaum noch unter Kontrolle halten konnte. Seine jahrelange Disziplin brach völlig zusammen. Sie war der Schlüssel zu seinem ursprünglichen Verlangen – sie rief beide Seiten in ihm hervor, obwohl sein Katzer in jedem Augenblick mit ihr unter seiner Haut tobte.

Er verschlang ihren Mund – mit innigen Streicheleinheiten, sanften Bissen und unbändigem Verlangen, das ihn durchfuhr. Sein Puls schoss in die Höhe. Er drückte sie gegen die Tür, drängte seinen Körper an ihren und knurrte leise, als er ihre weichen Kurven an sich spürte. Dann bahnte er sich einen feuchten Weg ihren Hals hinunter und fuhr mit seinen Händen ihre Seiten hinauf, um ihre Brüste zu umschließen, die weich und schwer in seinen Händen lagen. Er musste ihre Haut spüren, und das Verlangen war so stark, dass er an ihrem Shirt zog. Die nächsten Augenblicke vergingen wie im Flug. Er riss ihr die Kleidung vom Leib, ihre weiche Haut blitzte im Halbdunkel auf, ihr rauer Atem vermischte sich – bis sie schließlich splitterfasernackt vor ihm stand.

Sie lehnte an der Tür, ihre Brustwarzen zeichneten sich im schummrigen Licht ab, ihre üppigen Brüste hoben und senkten sich mit ihrem Atmen. Ihre Lippen waren geöffnet, ihre Augen dunkel. Er stand nur wenige Zentimeter von ihr entfernt da, mit freiem Oberkörper, und seine Erregung drückte gegen den Stoff seiner Jeans. Jake begann, die Seite von Phoebe zu lieben, die er sah, wenn sie erregt war. Obwohl er im Laufe der Jahre viele Fantasien über sie im Zaum gehalten hatte, konnten seine Fantasien ihrem Wesen nicht gerecht werden. Sobald die Mauern ihrer Zurückhaltung gefallen waren, brannte die Leidenschaft zwischen ihnen so heiß und lodernd, dass er sich in ihr verlor.

Langsam streckte sie ihre Hand aus, hakte einen Finger in seine Gürtelschlaufe und zog ihn näher zu sich. Das Gefühl, wie ihre Hand durch seine Jeans über seine Erregung strich, zwang ihn fast in die Knie. Ihre Augen trafen die seinen – ein heißer, verführerischer Blick – als sie seinen Reißverschluss nach unten schob und ihn einen Schritt nach hinten stieß. Die Wärme ihrer Handfläche um seinen Schwanz brachte ihn zum Stöhnen. Er versuchte, ihren Namen zu sagen, doch das gelang ihm nicht. Ihre Brüste wogten, als sie sich nach vorne beugte und ihn in ihren Mund nahm. Dabei brachte sie ihn an Orte, an denen er noch nie gewesen war. Er hatte immer die Kontrolle gehabt, wenn es um Sex gegangen war ... immer.

Aber jetzt, mit Phoebes Mund auf ihm, der ihn liebkoste, leckte und saugte, fiel er in das heiße und elektrische Pulsieren um sie herum. Er blickte nach unten und betrachtete die Wölbung ihrer Wirbelsäule, als sie sich nach vorne beugte, ihre Haut war feucht und schimmerte in dem schwachen Licht. Er glitt mit seinen Händen ihre Wirbelsäule hinunter, hielt an ihren Hüften inne und hielt sich fest, während sie ihn wieder und wieder ganz in ihren Mund nahm. Gerade als er kurz davor war zu platzen, hielt sie still und zog sich langsam zurück. Dann stand sie da, die Augen auf seine geheftet, und das Verlangen schimmerte in ihrem Blick.

Ihre Haut war feucht vom Glanz des Verlangens, ihre Locken fielen ihr wild um die Schultern. Ihr Puls war an ihrem Hals zu spüren, ihr Atem ging rasend schnell. Jake trat an sie heran, hob sie ruckartig in seine Arme, wandte sich der Couch zu und zog sie unter sich. Sie keuchte, als er sie auf den Rücken drückte, sich zwischen ihre Knie schob und ihre Schenkel spreizte. Die Lust zerrte an ihm. Er ließ seine Handflächen über ihre Schenkel gleiten und genoss dabei, wie ihre Haut sich anschmiegte. Während er mit einem Finger durch ihren feuchten Spalt strich, verlor er fast die Beherrschung, als sich ihre Hüften gegen seine Berührung stemmten. Mit einer Hand umschloss er ihre Hüfte und hielt sie fest, während er seinen Mund in ihre Mitte brachte. Er stürzte sich regelrecht darauf, ihr Befriedigung zu verschaffen – mit seinen Fingern drang er tief in ihren Kanal ein, mit seiner Zunge erforschte er jeden Zentimeter. Ihre Schreie und ihr Keuchen nährten ihn und steigerten die Hitze in ihm immer weiter, bis er sich nur noch mit Mühe zurückhalten konnte. Plötzlich wölbte sich ihr Körper schaudernd auf, als er ihre empfindliche Knospe in seinen Mund nahm und so lange saugte, bis sie sich um seine Hand wand. Da verlangsamte er seine Bewegungen, sodass sich ihr Körper entspannte und ein sanftes Schaudern in ihm aufstieg.

Mit einem Knurren schob er eine Hand unter ihren Oberschenkel, hob ihn schnell an und glitt in die Wiege ihrer Hüften, während er seine Jeans herunterschob. Er tastete nach einem Kondom und streifte es mit seiner freien Hand über. Ihr Fleisch war ganz feucht an seiner Eichel. Seine Kontrolle hing an einem seidenen Faden, er sah ihr in die Augen und zwang sich, abzuwarten. Da öffnete sich ihr Mund und sein Name kam in einem leisen Keuchen über ihre Lippen. Erst dann drang er in sie ein und knurrte, als er bis zum Anschlag in ihr versank. Der Druck in ihrem cremigen Kanal brachte ihn fast um den Verstand, aber er schaffte es, die Kontrolle zu behalten. In der fiebrigen Leidenschaft des Augenblicks fielen ihr die Augen zu.

„Sieh mich an", bat er sie leise.

Das tat sie und ihre wilden, dunklen Augen ruhten auf ihm. Ohne seinen Blick zu unterbrechen, begann er, sich in ihrem Kanal zu bewegen. Das Einzige, was ihn davon abhielt, sich fallen zu lassen, war das Versprechen in ihren Augen. Erst als er spürte, wie sie um ihn herum zu pulsieren begann, gab er nach. Wieder zerfiel sie in tausend Einzelteile und ihre Schreie ergossen sich über ihn, während er in sie stieß und der unerträgliche Druck in ihm endlich nachließ.

KAPITEL SECHS

Phoebe kam allmählich wieder runter, und das Einzige, was sie festhielt, war das Gefühl von Jakes Haut auf ihrer. Die Lust hallte in ihrem Körper wider. Als sie wieder zu sich gekommen war und ihr bewusst geworden war, wie sehr sie sich gerade von ihm verführen hatte lassen, durchströmte sie ein Schauer. Am liebsten wäre sie weggelaufen und hätte sich versteckt, aber das konnte und wollte sie nicht. Sie öffnete die Augen und sah, dass sie von seinen blauen Augen aufmerksam beobachtet wurde.

Sie holte tief Luft und ihre Brüste drückten gegen seinen muskulösen Oberkörper, was ihr noch deutlicher bewusst machte, was sein Körper mit ihr anstellte. Jake hielt einen langen Moment still, bevor er seine Hüften langsam wegbewegte und sich von ihr löste. Ehe sie auch nur einen Gedanken fassen, geschweige denn sich bewegen konnte, war er ins Bad gegangen, um sein Kondom zu entsorgen, und kehrte ins Wohnzimmer zurück, wo er sie genau so vorfand, wie er sie verlassen hatte.

Die Sache mit Jake warf sie so sehr aus der Bahn,

dass sie gar nicht wusste, was sie tun sollte. Ruhig zog Jake sich an und hob ihre verstreuten Kleidungsstücke auf. Dann setzte er sich neben sie, seine Augen strahlten Wärme und Vergnügen aus. Er strich mit einer Hand über ihren Arm. Erst da merkte sie, dass ihr kalt wurde.

„Du erfrierst noch", stellte er fest und strich mit beiden Händen über ihre Arme, auf denen sich von der kalten Luft bereits eine Gänsehaut gebildet hatte.

Endlich riss sie sich aus ihrer Trance und nahm die Kleidung entgegen, die er ihr reichte. Wenige Augenblicke später waren sie wieder in der Küche. Sie setzte Wasser für Tee auf, weil sie dachte, dass sie dann etwas zu tun hätte. Doch das Warten auf das kochende Wasser bot nur wenig Ablenkung. Ihr schwirrte der Kopf, weil sie dermaßen ihre Kontrolle verloren hatte. Jake brauchte nur in ihre Richtung zu schauen, und ihre Sinne waren schon wie vernebelt. Sie redete sich ein, dass sie es langsamer angehen lassen mussten, um sicherzustellen, dass sie nicht dabei waren, ihre Freundschaft zu ruinieren. Dann berührte er sie, und sie zerfiel erneut in tausend Scherben. Er saß am Tisch und hatte die Beine vor sich ausgestreckt. Sie wandte sich ihm zu und überlegte, was sie sagen sollte. Ihr Herz wollte sich an ihn schmiegen und einfach bei ihm sein, während ihr Kopf in aller Ruhe darüber nachdenken wollte, was passiert war und was sie nun tun sollten. Die Verwirrung zwischen ihrem Herzen und ihrem Verstand ließ sie erstarren.

Er blickte zu ihr auf. Stille breitete sich zwischen ihnen aus. Zweifel schossen ihr durch den Kopf. Sie war so vertieft in die Überlegung, was sie sagen sollte, dass sie zusammenzuckte, als er ihren Namen sagte.

„Hm?"

„Hast du mich die ersten beiden Male denn nicht gehört?", fragte er.

„Was gehört?"

„Ich habe jetzt dreimal deinen Namen gesagt", antwortete er mit einem leisen Lachen.

Jake war viel zu selbstsicher für ihren Geschmack. Obwohl das, was sie sich so viele Jahre lang gewünscht hatte, nun tatsächlich in Erfüllung ging, konnte sie es nicht so recht glauben und hatte Angst, dass sie ohne einen ihrer besten Freunde dastehen würde, wenn es schiefging.

„Wie kannst du nur so ... so ruhig sein?", fragte sie und lief in ihrer kleinen Küche hin und her.

„Habe ich irgendwas verpasst? Vor ein paar Minuten hast du mich noch in den Wahnsinn getrieben und jetzt bist du offensichtlich wegen irgendetwas verstimmt. Was ist denn los?"

Sie warf die Hände hoch und brummte, als der Teekessel pfiff. Schnell schaltete sie den Herd aus und drehte sich wieder zu ihm um. „Diese, diese ..." Sie fuchtelte mit den Händen herum. „... Sache mit uns. Wir können das nicht einfach so machen. Ich will das Ganze nicht vermasseln. Du bist eine meiner besten Freunde. Ich weiß ja nicht, was du denkst, wie es weitergeht. Ich drehe völlig durch, weil ich das nicht auf die Reihe kriege. Seit dem College, also seit über zehn Jahren, sagst du immer, dass du nie mit einer Frau zusammen sein würdest, wenn sie keine Shifterin ist. Dabei bin ich keine Shifterin und werde auch nie eine sein. Ich tue ja nicht so, als ob sich das, was hier passiert, nicht gut anfühlt, ich bin ja nicht blöd, aber ich halte das nicht mehr lange aus. Wir müssen darüber reden, was passiert ist, und wir sollten versuchen, einen die Sache zu verlangsamen."

Jakes Augen weiteten sich. „Also gut. Lass uns reden."

Phoebe wandte sich ab und unterdrückte ihre Tränen. Das war einfach zu viel für sie. Sie wollte reden, und gleichzeitig auch nicht. Ihre Gefühle waren viel zu nah an der Oberfläche, zu heftig und zu tief. Aber so konnte sie nicht mehr weitermachen. Da die unsichtbaren Barrieren zwischen ihnen gefallen waren, genügte das kleinste Zeichen von ihm und sie verlor die Kontrolle. Anschließend erkannte sie sich selbst kaum wieder. Aber wenn sie darauf bestand, dass sie miteinander redeten, und das dazu führte, dass das alles ein Ende hatte, würden ihre schlimmsten Befürchtungen wahr werden. Sie konnte sich nicht länger vorstellen, ihre Gefühle für ihn zu verbergen, und sie konnte es auch nicht ertragen, ihn mit dem Wissen gehen zu lassen, dass er irgendwann eine Shifterin finden und sich in sie verlieben würde. Ihre Hand zitterte, als sie heißes Wasser in die beiden Tassen goss, die sie auf dem Tresen abgestellt hatte. Sie stellte die Teekanne hin und atmete tief durch.

Dann drehte sie sich um, trug die dampfenden Tassen zum Küchentisch und nahm gegenüber von Jake Platz. Nachdem sie ihm seine Tasse über den Tisch geschoben hatte, reichte sie ihm den kleinen Behälter mit einer Auswahl an Teesorten. Er schwieg, während er sich einen Teebeutel schnappte und ihn in seine Tasse tunkte. Die warme Tasse gab ihr Halt, als sie sie in die Hand nahm. Sie hatte darauf gedrängt, zu reden, und jetzt wusste sie nicht einmal, wo sie anfangen sollte.

Jake blickte sie aus seinen blauen Augen fragend an. Als sie nichts sagte, lehnte er sich in seinem Stuhl zurück und spannte seine Kinnlade an.

„Du glaubst nicht an das, was ich bereits gesagt habe, oder?"

Sie holte tief Luft. „Du meinst, dass du mich schon seit Jahren begehrst?"

Er nickte heftig. Angst machte sich in ihrer Brust breit, als sie versuchte, ihm ihre Sorgen zu erklären.

„Es ist ja nicht so, dass ich dir nicht glaube. Ich meine ..." Sie hielt inne, und sie wurde rot. „... ich weiß ja, dass du mich willst. Ich weiß nur nicht, ob es eine gute Idee ist, wenn wir das alles zulassen. Du bedeutest mir sehr viel. Ich weiß nicht, ob ich es ertragen kann, wenn das für dich bloß ein unterhaltsames Intermezzo ist und wir dann wieder versuchen, Freunde zu werden. Das kann ich nicht. Ich weiß nicht, was ich tun soll."

Als sie ihm unverblümt zu verstehen gab, dass sie das nicht tun konnte, fühlte sie sich gleichzeitig entsetzt und erleichtert. Er musste wissen, dass sie der Sache Grenzen setzen musste. Aber wenn sie das tat, würde sie vielleicht das, was sich gerade zwischen ihnen entwickelte, unterbinden, und diesen Gedanken konnte sie kaum ertragen. Ihre Augen richteten sich auf den kleinen Frosch auf ihrer Tasse und ihr Blick verengte sich, bis sie nur noch ihn sah.

„Phoebe", rief Jake leise.

Ihr Kopf schnellte hoch und ihre Augen trafen auf seinen warmen blauen Blick.

„Ich fürchte, du hast missverstanden, was ich damit gemeint habe, dass ich dich will."

„Ähm, gut. Was hast du denn damit gemeint?" Ihr Herz pochte gegen ihren Brustkorb.

„Ich habe gemeint, dass ich dich will, nicht nur Sex. Versteh mich nicht falsch, ich will dich auch so. Aber noch mehr als das möchte ich, dass wir versuchen, eine echte Chance zu bekommen."

„Eine Chance?" Ihr Herz war kurz davor, aus ihrer Brust zu springen. Ihre Kehle war wie zugeschnürt und sie bekam kaum noch Luft. Sie fühlte sich, als würde sie sich nach vorne lehnen, um in etwas hineinzufliegen, das sie so sehr wollte, dass sie es fast spüren konnte, dass es echt war. Aber sie konnte es nicht richtig sehen, konnte sich nicht sicher sein, was da vor ihr lag.

Zum ersten Mal erkannte sie die Unsicherheit in seinen Augen. Er atmete ein, seine Schultern hoben und senkten sich. Dann rollte er seinen Nacken hin und her und richtete schließlich seine Augen wieder auf sie. „Eine echte Chance auf eine Beziehung. Ich habe wohl gedacht, dass das auf der Hand liegt. Du bist eine meiner besten Freundinnen. Ich hätte nie angenommen, dass wir einfach nur Sex haben würden und das war's. Du bist die einzige Frau, die mir nicht mehr aus dem Kopf geht. Ich weiß, dass ich immer gesagt habe, dass ich nicht mit Frauen zusammen sein möchte, die keine Shifterinnen sind. Aber nach allem, was in letzter Zeit passiert ist, ist mir klar geworden, dass es bescheuert war, mich daran zu klammern, wie die Sache mit Naomi gelaufen ist. Der letzte Monat hat mich daran erinnert, dass Shifter mit anderen Shiftern genauso umspringen können wie Menschen. Um es kurz zu machen: Ich bin es leid, meine Gefühle für dich zu verleugnen. Ich will dich, wie ich noch nie jemanden gewollt habe, aber es geht um viel mehr als nur um Sex."

Phoebe konnte kaum glauben, was sie da gehört hatte. Sie schüttelte den Kopf und versuchte, den Nebel in ihrem Verstand zu beseitigen.

Jake streckte seine Hand über den Tisch aus, schlang seine Finger um ihre und zog sie von der Tasse weg. Seine große, starke Hand legte sich um ihre und sein Daumen strich über ihren Handrücken. „Hast du mich gehört?"

Sie nickte heftig. „Äh, ja."

„Und?"

„Das, ähm, das hilft. Ich habe dich vorher wirklich nicht richtig verstanden. Ich habe bloß ..." Ihre Worte verstummten und ihr blieb die Luft im Hals stecken. Da kullerte eine Träne über ihre Wimpern und platschte auf ihre Wange. Sie wischte sie mit ihrer freien Hand weg und schnappte schaudernd nach Luft. „Das ist ... einfach ziemlich heftig. Ich behaupte ja nicht, dass ich das nicht will. Es ist nur eine Menge, an das ich mich erst gewöhnen muss. Ich mache mir einfach Gedanken ..."

Jake schüttelte heftig den Kopf. „Fang bloß nicht damit an. Fang jetzt nicht damit an, dass du denkst, das würde nicht klappen. Wir haben hier etwas, was viele Leute niemals bekommen. Du bist jetzt schon einer der besten Freundinnen, die ich je hatte. Ich vertraue dir vollkommen. Lass uns daran denken. Und nicht daran, dass es nicht klappen kann. Bitte."

Phoebe sah ihm in die Augen und ihr Herz schlug ihr bis zum Hals. Diese Worte waren alles, was sie hören wollte, aber sie konnte sie nicht ganz verarbeiten. Sie brauchte Zeit, um herauszufinden, wie sich das alles anfühlte. Sie befürchtete, dass das Ganze lediglich eine Folge der Krise war, die um sie herum vor sich hin schwelte, und dass sich Jake, wenn sich alles beruhigt hatte, wieder daran erinnern würde, was er ursprünglich gewollt hatte. Aber sie konnte nicht nein sagen, konnte sich nicht vorstellen, sich von ihm abzuwenden. Also nickte sie, während ihr Herz wie verrückt pochte.

Einige Stunden später wachte sie mitten in der Nacht auf. Jake schlief neben ihr, ihre Beine waren ineinander verschränkt. Draußen heulte der Wind. Sie drehte ihren Kopf und schaute aus dem Fenster. Sie hatte vergessen, die Vorhänge zu schließen, bevor sie eingeschlafen waren. Der Schnee wirbelte im Wind und wurde von den Lichtern draußen angestrahlt. Der erste schwere Sturm des Winters fegte um das Haus. Vorsichtig löste sie ihre Beine von seinen und drehte sich auf die Seite, um den Sturm zu beobachten. Jake murmelte etwas vor sich hin und folgte ihr. Sofort schmiegte er sich an sie – zwei Teile eines Puzzles.

„Was zum Teufel hast du vor?", rief Phoebe.

Shana stand im Pausenraum vor ihr, die Arme verschränkt, den Mund zu einer engen Linie verzogen. „Dass ich irgendwas unternehmen muss! Das ist alles. Ich habe dir doch gerade erzählt, was ich mitbekommen habe. Hank hat gemeint, dass er mit Dane und Jake darüber gesprochen hat, wen sie nach Montana schicken können. Also fahre ich. Warum sollte ich das auch nicht tun?"

Shana drehte sich von Phoebe weg und stopfte schnell ihre Arbeitskleidung in ihren Spind, bevor sie ihren Mantel und ihre Handtasche herausholte.

Phoebes Gedanken überschlugen sich. Sie musste Shana unbedingt hinhalten, aber Shana war einer der stursten Menschen, die sie kannte. Wie es der Zufall wollte, betrat in diesem Augenblick Rosie den Pausenraum. Sie schaute schnell zwischen den beiden hin und her und blieb an der Tür stehen, die sie mit den Hüften zudrückte, und lehnte sich dann dagegen. Dabei beäugte sie Shana misstrauisch. „Was ist los?"

Shana funkelte sie an. „Ich mache einen Ausflug."

Rosie schielte zu Phoebe. Phoebe zuckte mit den

Schultern und schüttelte den Kopf. „Shana meint, sie muss nach Montana, um etwas über die Shifter dort rauszufinden. Das ist doch Wahnsinn." Phoebe sah Shana in die Augen. „Bitte hör mir zu. Ich sage ja nicht, dass du nicht fahren sollst. Ich halte es nur für besser, wenn wir tatsächlich mit Hank, Dane und Jake darüber reden. Du hast nur die Hälfte eines Gesprächs mitgehört. Tu jetzt bloß nichts Unüberlegtes. Um mehr bitte ich dich ja gar nicht."

Rosies Augen weiteten sich. „Was zum Teufel? Shana, das kann doch nicht dein Ernst sein."

Shanas Augen hatten einen wilden Ausdruck angenommen. Sie blickte zwischen Rosie und Phoebe hin und her. „Ich meine es ernst und ich lasse mir nichts ausreden. Ich kann verdammt gut auf mich selbst aufpassen und das wisst ihr beide."

Nach einigen weiteren Minuten vergeblichen Streitens schob sich Shana an ihnen vorbei, stieß die Tür auf und schob Rosie aus dem Weg. Dann stakste sie den Flur entlang. Angst, Sorge und Wut trafen in Phoebe aufeinander. Sie warf Rosie einen Blick zu. „Ich kann sie nicht allein fahren lassen, aber sie lässt sich einfach nicht aufhalten."

In Rosies Augen spiegelte sich ihre Sorge wider. „Ich weiß nicht, was ich sagen soll. Ich würde sie ja aufhalten, aber sie wird eher auf dich hören als auf irgendjemand anderen."

Phoebe schnappte sich ihren Mantel und ihre Handtasche und stürmte aus dem Raum. Bevor sie ging, warf sie noch einen Blick über ihre Schulter. „Wenn es sein muss, begleite ich sie. Ich werde versuchen, Jake anzurufen, aber versprich mir, dass du ihn und Dane benachrichtigst."

Auf Rosies kurzes Nicken hin eilte Phoebe hinter Shana her.

KAPITEL SIEBEN

Jake trat mit seinen Stiefeln gegen die Türschwelle, als er in sein Büro trat. Letzte Nacht war mehr als ein halber Meter Schnee gefallen. Catamount war in eine flauschige weiße Schneedecke gehüllt. Aber in Maine kam die Welt nach einem solchen Sturm kaum aus dem Takt. Als er an Phoebe gekuschelt aufgewacht war, während die ersten Sonnenstrahlen über den Bäumen aufgetaucht waren, waren die Straßen bereits geräumt. Da hatte sie sich in seinen Armen umgedreht, und ihr zweifelnder Blick war bis in sein Herz vorgedrungen. Aber er kannte sie gut und wusste, dass es nichts bringen würde, wenn er versuchte, das Thema zu erzwingen. Sie war eine Frau der Tat. Taten, nicht Worte, bestimmten ihr Leben. Sie war die Letzte, die sich hinstellte und irgendwelche Reden schwang, aber die Erste, die sich die Hände schmutzig machte, um wirklich etwas zu verändern. Sie war nicht die Freundin, die sich mit Floskeln hervortat. Sie war die Freundin, die sich im Stillen um die konkreten Belange eines Freundes in Not kümmerte, wie sie das auch für Shana in den ersten Tagen und Wochen nach Callens Tod getan hatte.

Deshalb hatte er beschlossen, nicht länger zu versuchen, ihre Sorgen schönzureden, sondern ihr mit seinen Taten zu beweisen, was wirklich hinter seinen Worten steckte. Die sanfte Berührung ihrer Lippen mit seinen hatte seinen Puls in die Höhe schnellen lassen und die Lust in ihm angeheizt. Als das Geräusch eines Schneepflugs in ihrer Einfahrt sie unterbrochen hatte, war sie aus dem Bett gesprungen, um nach draußen zu rennen und ihr Auto wegzufahren. Kurz darauf hatte er ihr Haus verlassen und seine Lust kaum noch unter Kontrolle.

Mit einem heftigen Kopfschütteln warf er seine Jacke auf den Garderobenständer neben der Tür und setzte sich sofort an seinen Schreibtisch, um seinen Computer hochzufahren und sich wieder in die Arbeit zu stürzen. Kurze Zeit später betrat Dane sein Büro.

Sobald er Danes Blick begegnete, krampfte sich sein Magen zusammen.

„Was ist das für ein Blick?", fragte Jake.

Danes blaugraue Augen schimmerten dunkel, sein Kiefer war angespannt. „Shana hat mir gerade eine SMS geschickt. Sie und Phoebe sind auf dem Weg nach Montana. Dieser Paul aus dem Krankenhaus ist weg. Er hat sich in der Nacht rausgeschlichen. Hast du davon gewusst, verdammt?"

„Nein! Wie kommst du überhaupt darauf, dass ich davon weiß?" Jake schob seinen Stuhl zurück und stand auf. Mit einem Blick auf seinen Schreibtisch versuchte er, sein Handy zu finden. Er entdeckte es unter einigen losen Blättern und griff danach, als er sah, dass er in den letzten paar Stunden zwei Anrufe von Phoebe verpasst hatte. Er war so sehr mit der Arbeit beschäftigt gewesen, dass er gar nicht bemerkt hatte, dass sein Telefon auf lautlos gestellt war. Angst machte sich in seinem Bauch breit, und Wut flammte in ihm auf. Sein Kater erbebte unter seiner Haut. Am liebsten hätte er sich jetzt gewandelt und sie verfolgt. Doch er bekämpfte diesen Drang, weil er wusste, dass er nachdenken musste. „Bist du sicher? Ich kann nicht glauben, dass Shana und Phoebe einfach so abhauen würden."

Dane riss sein Handy aus der Tasche und warf es Jake zu. „Lies mal die SMS."

Jake schnappte sich das Handy und warf einen Blick auf das Display. Und tatsächlich, da war eine SMS von Shana. *Bin mit Phoebe unterwegs. Auf dem Weg nach Montana. Flipp nicht aus. Wir schaffen das. Haben Hank auf dem Revier besucht. Er hat nichts mit der Sache zu tun. Jemand muss sich in Montana umsehen und das können nicht du und Jake sein, also fahren wir. Wir rufen an, sobald wir gelandet sind.*

„Was zum Teufel denken die sich eigentlich?" Jake schnappte sich seine Jacke. „Lass uns gehen. Wir müssen ihnen nach."

Schnell hörte er sich die beiden Sprachnachrichten von Phoebe an, in denen sie erklärt hatte, dass Shana sich auf den Weg gemacht hatte und Phoebe der Meinung gewesen war, dass jemand sie begleiten musste. Er fluchte und schleuderte das Handy durch den Raum. Es prallte gegen die Wand und Dane fing es auf. Jake wollte sich schon seine Jacke anziehen, da stand Dane mit verschränkten Armen vor ihm. „Lass uns zuerst mit Hank reden. Ich habe bereits ihren Flugplan gecheckt. Sie landen erst in ein paar Stunden. Der nächste Flug von Portland nach Bozeman geht erst morgen. Setz dich an deinen Computer und lass uns so viele Infos wie möglich einholen, bevor wir klären, wer ihnen hinterherfliegt."

Jake schüttelte den Kopf. „Lass uns nach Boston fahren und von dort aus aufbrechen. Wir können nicht warten." Wut und Angst durchfluteten ihn und vernebelten seinen Verstand. Der Gedanke an Phoebe pochte mit jedem Schlag seines Herzens. Endlich hatte er sein Herz erfahren lassen, was sie ihm bedeutete, und das ging so tief, dass er den Gedanken nicht ertragen konnte, dass sie sich gemeinsam mit Shana möglicherweise in Gefahr begab. Er brauchte sie wie die Luft zum Atmen.

Dane trat einen Schritt zurück und versperrte die Tür. Jake stieß einen wüsten Fluch aus, stellte sich Dane gegenüber und sah ihm in die Augen. Er wollte sich nicht wandeln, wollte nicht gegen Dane kämpfen, aber wenn er musste, würde er das tun.

„Was zum Teufel ist bloß los mit dir?", fragte Dane, legte seine Handfläche auf Jakes Brust und schob ihn nach hinten. „Beruhig dich, verdammt noch mal. Du weißt genau, dass wir das gründlich durchdenken müssen. Ich bin genauso beunruhigt wie du, aber ..." Dane hielt inne und beäugte ihn genau. „Was ist eigentlich los mit dir?"

Jake zwang sich zu atmen und zügelte den Drang, sich zu wandeln. Er konnte ihn kaum unterdrücken, denn sein Kater hing so dicht an der Oberfläche. Energisch schüttelte er den Kopf. „Nichts ist mit mir los. Ich habe bloß Angst um Phoebe und Shana. Mich wundert, dass es dir nicht genauso geht. Diese Typen scheinen uns immer einen Schritt voraus zu sein. Wir haben keine Ahnung, wer Paul ist oder warum er hier war. Nach dem, was mit Chloe passiert ist, kann ich nicht fassen, dass du mich jetzt überhaupt fragst, was mit mir los ist."

Danes Blick wurde schärfer. „Natürlich mache ich mir Sorgen um Shana und Phoebe! Und gerade du solltest wissen, warum ich der Meinung bin, dass wir uns ein wenig Zeit nehmen sollten, um über alles nachzudenken, bevor wir irgendwas unternehmen. Genau das hast du an dem Tag gesagt, als Chloe verschwunden ist – dass wir einen Schritt nach dem anderen machen müssen. Mehr will ich damit ja gar nicht sagen."

Jake hörte Danes Worte zwar, aber er nahm sie kaum wahr. Er konnte den Gedanken nicht abschütteln, dass Phoebe etwas zustoßen könnte. Er hatte endlich, endlich dem nachgegeben, was sein Herz und sein Körper so viele Jahre lang gewollt hatten, und jetzt musste er sich der Tatsache stellen, dass sie in eine Falle laufen könnte. Als sie darüber gesprochen hatten, dass jemand nach Montana fahren sollte, um den Hinweisen nachzugehen, die sie hatten, hatte er nie daran gedacht, dass es sich dabei um Phoebe handeln würde. Am liebsten hätte er sich umgehend mit ihr unterhalten.

Dane räusperte sich.

Jake riss seinen Kopf hoch und sah Dane in die Augen. „Was?"

„Es geht um Phoebe. Du hast endlich damit aufgehört, vor deinen Gefühlen für sie wegzulaufen."

Jake begann den Kopf zu schütteln und hielt dann abrupt inne. Dane war sein engster Freund, wie ein Bruder für ihn, sowohl als Mensch als auch als Berglöwe. Sie hatten ihr ganzes Leben zusammen verbracht. Obwohl sie nur selten über ihre Gefühle sprachen, wusste er, dass Dane sehr viel wahrnahm. Und er wusste, dass es keinen Sinn hatte, seine Gefühle vor Dane zu verbergen. Also holte er tief Luft und kämpfte immer noch damit, sich nicht zu wandeln. Das Einzige, was ihn davon abhielt, war Danes besonnene Art und das Wissen, dass ein Kampf gegen Dane vermutlich mit einem Unentschieden enden würde.

Er betrachtete den Schnee vor dem Fenster. Die Tropfen geschmolzenen Schnees auf dem Baum vor seinem Bürofenster funkelten in der Sonne. Dann wandte er sich wieder an Dane und nickte. „Du hast es erfasst", stieß er hervor.

Dane nickte heftig. „Wurde auch verdammt nochmal Zeit. Jetzt muss ich dich wohl bei klarem Verstand halten. Du hast mich davor bewahrt, Chloe nachzujagen. Hast mir immer eingeschärft, keine Dummheiten zu machen, also sage ich dir das auch. Ich habe schon mit Hank gesprochen. Wir fahren, aber zuerst müssen wir entscheiden, wo wir anfangen. Hank bittet einen Freund um einen Gefallen, der für eine private Sicherheitsfirma arbeitet. Es wird jemand am Flughafen sein, wenn Shana und Phoebe landen, und sie nicht aus den Augen lassen. Dann können du und ich ihnen auf Schritt und Tritt folgen." Dane hielt inne und beäugte ihn. Schmunzelnd schüttelte er den Kopf. „Ich habe mich schon gefragt, wann du wohl endlich zur Vernunft kommst. Du liebst sie doch schon seit Jahren."

Jake fühlte sich, als hätte er einen Schlag auf die Brust bekommen, und der Atem, den er angehalten hatte, entwich ihm mit einem Stöhnen. „Wie wahr. Und jetzt muss ich dafür sorgen, dass es ihr gut geht."

KAPITEL ACHT

Phoebe schlängelte sich durch die Traube von Leuten an der Gepäckausgabe des Flughafens in Bozeman. Shana hatte sich auf die andere Seite des Gepäckbandes begeben, als sie sah, wie ihre Tasche sich ihren Weg bahnte. Phoebe schnappte sich schnell ihr eigenes Gepäck und drehte sich um, um Platz zu machen. Sie traf Shana drüben am Serviceschalter.

„Mieten wir uns ein Auto und suchen wir unser Hotel", schlug Phoebe vor, sobald sie an Shanas Seite war.

Shana blickte zu ihr auf, ihre blaugrauen Augen waren müde. „Gut. Ich habe Dane versprochen, dass ich anrufe, sobald wir gelandet sind. Könntest du dich um das Auto kümmern, während ich ihn zurückrufe?"

Phoebe nickte und sah sich um. Als sie die Schilder der Autovermietung erblickte, lief sie in diese Richtung und bedeutete Shana, ihr zu folgen. Die kramte in ihrer Handtasche nach ihrem Handy und rief Jake an. Wieder ging die Mailbox ran, also hinterließ sie eine weitere Nachricht. Phoebe hatte alles versucht, um Shana auszureden, nach Montana zu fahren, aber als feststand, dass Shana so oder so fahren würde, entschied sie sich widerwillig, sie zu begleiten. Sie konnte nicht tatenlos dabei zusehen, wie Shana sich allein in Gefahr begab. Phoebe dachte, das Mindeste, was sie tun konnte, war zu versuchen, Shana davon abzuhalten, irgendwelche unüberlegten Aktionen zu veranstalten.

Sie hatte versucht, Jake anzurufen, bevor sie aufgebrochen waren, aber dort war nur seine Mailbox rangegangen. Sie machte sich Sorgen, dass er ihre Entscheidung, Shana zu begleiten, falsch verstanden haben könnte. Phoebe verscheuchte diese unangenehmen Gedanken und begab sich zum Tresen. Ein paar Minuten später steckte sie die Schlüssel des Mietwagens in ihre Tasche und drehte sich um, als sie Shana erblickte, die in der Nähe an der Wand lehnte und heftig in ihr Handy sprach. Als sie sich ihr näherte, stieß Shana einen Fluch aus und legte auf.

„Lass mich raten: Dane ist sauer?“

Shana nickte und lief los. Phoebe folgte ihr, ihren Koffer im Schlepptau. „Also, was hat er gesagt?“

„Er und Jake machen sich morgen auf den Weg“, antwortete Shana mit fester Stimme. „Er kapiert nicht, wie bescheuert das ist. Wenn diese Shifter tatsächlich hier sind, müssen sie doch wissen, wer Dane und Jake sind. Ihre Gesichter waren nach Chloes Entführung überall in den Lokalnachrichten zu sehen. Ich habe ja versucht, ihm klarzumachen, dass wir vorsichtig sein werden, aber er will nichts davon hören.“

Den Rest des Weges zum Mietauto legten sie schweigend zurück. Als Phoebe vom Parkplatz fuhr, ergriff Shana wieder das Wort. „Oh, und Dane hat gesagt, dass du Jake anrufen sollst. Ich soll dir außerdem ausrichten, dass er weiß, was mit euch beiden los ist, damit du verstehst, warum Jake so aufgebracht ist. Würdest du mich bitte aufklären, was mit Jake los ist?"

Phoebe seufzte. Sie hatte nicht versucht, irgendetwas vor Shana zu verbergen, aber sie hatte auch keine Gelegenheit gehabt, sich mit ihr zu unterhalten. Jedes Mal, wenn sie darüber nachdachte, zögerte sie aus Angst, Shana zu verletzen. Sie konnte sich nicht vorstellen, dass Shana gerne dabei zusah, wie jemand anderes eine neue Beziehung begann, während sie mit dem Tod ihres Mannes und dem Wissen um seinen Verrat zu kämpfen hatte. Erschwerend kamen Phoebes eigene gemischte Gefühle hinzu. Sie hatte Jake zwar jahrelang geliebt, aber sie konnte sich noch immer nicht mit der Vorstellung anfreunden, dass sie beide eine Chance haben könnten. Sie traute der Sache noch nicht so recht.

Als Phoebe an einer Ampel anhielt, warf sie Shana einen Blick zu. Shana sah ihr ruhig und interessiert in die Augen.

„Jake und ich, äh, ich glaube, wir haben sozusagen eine Beziehung", platzte es aus Phoebe heraus.

Shanas Augen weiteten sich leicht und ihre Mundwinkel hoben sich. „Ihr beide schleicht doch schon seit Jahren umeinander herum. Wie lange geht das schon so?"

„Noch gar nicht so lange. Bei allem, was gerade los ist, ist es wohl einfach passiert." Phoebe sah weg, um auf die Ampel zu schauen. Dann überquerte sie die Kreuzung und ihr Herz klopfte wie wild in ihrer Brust. Wenn sie laut aussprach, was zwischen ihr und Jake passiert war, fühlte sich das Ganze irgendwie viel wahrhaftiger an. Sie holte zaghaft Luft und versuchte, sich zu sammeln. „Ich habe nicht versucht, irgendwas vor dir zu verbergen. Es ist einfach so viel passiert ..."

Shana unterbrach sie. „Ich nehme an, du hast dir den Kopf darüber zerbrochen und hast nicht gewusst, ob ich damit umgehen kann, dass zwei meiner besten Freunde endlich ihren Gefühlen nachgegeben haben. Jedes Mal, wenn ich an Callens Tod denke und an die Tatsache, dass er nicht der war, für den ich ihn gehalten habe, bricht mir das Herz. Aber ich würde dir nie missgönnen, dass du dein eigenes Glück gefunden hast. Du hast zwar nie ein Wort darüber verloren, aber mir war schon immer klar, dass du ihn seit Jahren liebst. Was hat Jake eigentlich zu all dem zu sagen?"

Phoebe bog auf den Parkplatz des Hotels ein, als sie das Schild sah. Nachdem sie eine Parklücke gefunden hatte, stellte sie den Wagen ab und sah Shana an. „Jake hat gesagt, dass er mich schon seit Jahren will. Er möchte unbedingt, dass wir beide eine Chance haben." Dann hielt sie inne, ihre Kehle war von Tränen zugeschnürt. Sie wusste nicht, warum, aber irgendwie hatte die Nähe zu Jake sie innerlich aufgewühlt. Denn wenn es mit ihnen beiden nicht klappen sollte, hatte sie keine Ahnung, wie ihr Herz das verkraften sollte. „Wenn wir zusammen sind, ist das einfach unglaublich. Du hast Recht, dass ich ihn schon seit Jahren liebe. Aber ich habe nie darüber gesprochen, weil er jahrelang geschworen hat, niemals mit einer Frau zusammen sein zu wollen, die keine Shifterin ist. Und jetzt habe ich Angst, weil ich nicht weiß, ob ich damit klarkomme, wenn es mit uns beiden nicht klappt. Was ist, wenn er seine Meinung ändert? Was ist, wenn es für ihn viel besser ist, mit einer Shifterin zusammen zu sein? Ich habe keine Ahnung, was ich dann tun soll."

Shanas Mund verzog sich zu einem wehmütigen Lächeln. „Ich bin vielleicht nicht die beste Ratgeberin, weil ich nach allem, was Callen verbockt hat, kaum noch jemandem vertraue, aber ich versuche es mal. Die Liste der Leute, denen ich vertraue, ist sehr kurz, aber du stehst darauf und Jake auch. Jake ist beileibe kein großer Redner. Aber wenn er sagt, dass er eine Chance will, dann ist das auch so. Dane hat mir schon vor Jahren erzählt, dass er glaubt, dass Jake eine Schwäche für dich hat, aber dass er zu bescheuert war, irgendwas in diese Richtung zu unternehmen. Ich kann ja verstehen, dass du dich jetzt an dieser Geschichte mit den Shiftern aufhängst, weil er sich nach der Sache mit Naomi so komisch benommen hat. Ich behaupte auch nicht, dass du einfach blind daran glauben sollst, dass alles Friede, Freude, Eierkuchen sein wird. Aber ich weiß, dass du nicht versuchen solltest, die Sache zu verdrängen, nur weil du Angst hast. Wenn je zwei Leute zusammen sein sollten, dann sind es du und Jake." Shanas Worte waren stark und zuversichtlich, ein Gegenmittel zu Phoebes aufgewühlter Unsicherheit und Selbstzweifel.

Schließlich holte Phoebe tief Luft und sah Shana in die Augen. „Habe ich eigentlich schon mal erwähnt, dass du die beste Freundin aller Zeiten bist?"

Shana verdrehte die Augen. „Nicht immer, aber ich versuche es. Aber wenn es um Freundinnen geht, verdienst du eine Auszeichnung. Du bist für mich wie ein Fels in der Brandung, seit Callen gestorben ist und meine ganze Welt auf den Kopf gestellt worden ist."

Phoebe spürte, wie ihr die Tränen in die Augen traten. Noch ein tiefer Atemzug und sie dachte, sie könnte sich zusammenreißen. Angesichts ihrer heftigen Gefühle für Jake und der wochenlangen Nachrichten, die für Shana und Catamount so verheerend gewesen waren, musste sie sich am Riemen reißen. Während sie auf die Ankunft von Dane und Jake warteten, mussten sie ihre nächsten Schritte planen. „Dafür sind Freundinnen doch da. Aber wie geht es jetzt weiter?“

Shana sah sich auf dem Parkplatz um. „Ich habe vergessen zu erwähnen, dass Dane mir gesagt hat, dass er zwei Sicherheitsleute organisiert hat, die uns folgen sollen. Ein Freund, der bei einem privaten Sicherheitsdienst arbeitet, wohnt hier.“

Phoebe stöhnte auf. „Ernsthaft? Jetzt übertreiben es Dane und Jake mit ihrem Alphascheiß aber. Ich kann ja verstehen, dass sie sich nach allem, was passiert ist, Sorgen machen, aber es ist verdammt nervig, dass sie uns auf Schritt und Tritt im Auge behalten wollen.“ Kaum hatte sie das gesagt, wurde ihr klar, dass sie Shana im Grunde das Gleiche angetan hatte, indem sie sie hierher begleitet hatte. Sie konnte nicht genau sagen, warum, aber irgendwie ärgerte Jakes Überfürsorglichkeit sie mehr, als sie unter diesen Umständen vermutet hätte. Sie nahm an, dass sie durch die Ungewissheit über das, was zwischen ihnen beiden geschah, so aufgewühlt war.

Shana zuckte mit den Schultern. „Ich denke schon, dass wir alleine auch klar kommen würden, aber ich habe nichts gegen Verstärkung. Immerhin befinden wir uns hier nicht gerade in unserem Heimatrevier.“

———

Jake warf seinen Koffer in den Kofferraum, und Sekunden später tat Dane es ihm gleich. Er ließ den Wagen an und drehte die Heizung auf, bevor er Dane half, den Schnee vom Auto zu fegen. In Montana war es Dezember, und in der Nacht zuvor hatte es geschneit, und die Autos auf dem Parkplatz des Flughafens waren mit etwa fünfzehn Zentimetern Schnee bedeckt. Schließlich stiegen sie wieder ins Auto und knallten gleichzeitig die Türen zu.

Jake lehnte seinen Kopf zurück und seufzte. „Bitte sag mir, dass Shana dir gesagt hat, wo sie übernachten", meinte er und drehte seinen Kopf zur Seite, um Dane anzublicken.

Dane lachte und nickte. „Ja. Sie haben ein Zimmer in einem Laden in der Nähe des Highways gebucht."

„Alles klar, sag mir, wo wir hinmüssen."

Wenige Augenblicke später fuhren sie auch schon den Highway entlang. Jake genoss die Aussicht, während er dahinfuhr. Bozeman lag im Gallatin Valley, einem wunderschönen Tal mit Blick auf sechs atemberaubende Bergketten. Die Bergketten und Hänge waren mit Schnee bedeckt. Da die Wintersonnenwende noch bevorstand, hatte die kalte Jahreszeit noch ein paar Wochen vor sich, aber im Grunde genommen war es in Bozeman schon tiefster Winter. Die Berge im Westen fühlten sich anders an als die im Osten. In Maine hatte man das Gefühl, als wäre man ein Teil des Gebirges. Hier hielten sich die Berge eher in der Ferne, ihre Größe beherrschte die Landschaft. Die Weite und Ausdehnung der Aussicht war überwältigend.

Jake konnte verstehen, warum sich hier wilde Berglöwen tummelten. Dank der Größe des Gebiets hatten sie mehr Möglichkeiten, sich dem menschlichen Vordringen in neue Siedlungen zu entziehen, das die Berglöwen im Osten des Landes dezimiert hatte, bevor sie die Fähigkeit zum Wandeln entwickelt hatten. Allein der Gedanke daran, wie es sich anfühlen würde, hier in Löwengestalt wild und frei herumzulaufen, fuhr ihm unter die Haut. Er musste den Drang bekämpfen, sich zu wandeln. Shifter hatten sich jahrhundertelang dadurch geschützt, dass sie sich nicht in aller Öffentlichkeit wandelten.

Er warf einen Blick auf Dane. „Irgendwas Neues von Shana?"

Dane schüttelte den Kopf, und um seinen Mund zogen sich Linien. „Abgesehen von ihrem Anruf vorhin, nein. Ich mache mir Sorgen um sie. Seitdem sie sich in den Kopf gesetzt hat, dass sie bei den Ermittlungen helfen muss, stößt sie mich immer wieder vor den Kopf. Sie ist so niedergeschmettert über das, was Callen angerichtet hat, dass sie versucht, es irgendwie wiedergutzumachen, indem sie die Sache in Ordnung bringt. Ich weiß, dass sie sich dessen theoretisch bewusst ist, aber sie begreift einfach nicht, wie weit das gehen kann. Wenn wir es nur mit ein oder zwei Leuten oder Shiftern zu tun hätten, meinetwegen, aber mein Gefühl sagt mir, dass wir hier wesentlich mehr am Hals haben."

Jake kämpfte mit seiner Angst und Enttäuschung gegenüber Phoebe, seit er erfahren hatte, dass sie gestern mit Shana losgezogen war. Anders als bei Shana glaubte er nicht, dass sie von der Trauer und den vielen Gefühlen überwältigt worden war, die mit Callens Verrat an den Shiftern von Catamount und allen, die ihm nahe standen, verbunden waren. Er konnte ja verstehen, warum sie nicht wollte, dass Shana allein loszog, aber irgendwie wünschte er sich, sie hätte gewartet, um erst mit ihm zu reden. Er wollte nicht sauer auf sie sein, und doch war er es. Hinter diesem Ärger steckte jedoch große Angst. Bevor er endlich seinen Gefühlen für sie nachgegeben hatte, wäre er beunruhigt und in großer Angst gewesen, wenn sie einfach so abgehauen wäre. Er hätte genau das getan, was er jetzt tat, und wäre ihr hinterhergefahren. Doch jetzt, wo er mit ihr die Nähe erlebt hatte, nach der er sich seit Jahren gesehnt hatte, war er vor Sorge und Angst fast verrückt geworden.

„Jake, hörst du mir überhaupt zu?"

Er blickte zu Dane und dann wieder auf den Highway, der sich vor ihm ausbreitete. „Hm?"

Dane schüttelte den Kopf. „Du bist an der Ausfahrt zum Hotel vorbeigefahren. Vielleicht solltest du umdrehen."

Jake fluchte, nahm schnell die nächste Ausfahrt und kehrte dorthin zurück, wo sie hergekommen waren.

Dane schwieg, bis sie wieder auf dem Highway waren. „Ich nehme an, du denkst an Phoebe. Hat sie sich denn schon gemeldet?"

„Sie hat eine Nachricht hinterlassen. Als ich zurückrufen wollte, ist direkt die Mailbox rangegangen."

„Was auch immer zwischen euch beiden läuft, du musst einen kühlen Kopf bewahren."

Jake schielte zu Dane hinüber. „Da mach dir mal keine Sorgen."

„Vielleicht könntest du mich ja davon überzeugen, wenn du nicht so angepisst aussehen würdest."

„Ich bin nicht angepisst. Ich bin besorgt. Das ist ein großer Unterschied."

„Wie auch immer. Reiß dich einfach am Riemen", antwortete Dane unverblümt.

Auf Danes Geste hin nahm Jake die Ausfahrt und bog zügig auf den Hotelparkplatz ein, den Dane ihm zeigte. Er parkte und wandte sich Dane zu. „Du brauchst dir nicht die geringsten Sorgen zu machen. So wie du dich bei dem, was mit Chloe passiert ist, zurückgehalten hast, werde ich mich auch hier zusammennehmen. Ich kann mich allerdings erst entspannen, wenn sie wieder im Flugzeug nach Maine sitzen."

Dane nickte. „Das gilt für uns beide." Dann hielt er inne und sah sich um. „Ich sehe ihren Mietwagen nicht. Lass mich mal Jon anrufen."

Jon Cross war einer von Danes alten Collegefreunden. Jake kannte ihn nur flüchtig, aber Dane hatte ihn kennengelernt, als sie zusammen bei einer Landschaftsgärtnerei gearbeitet hatten. Jon war im privaten Sicherheitsdienst tätig und hatte sich bereit erklärt, Shana und Phoebe im Auge zu behalten. Dane klemmte das Handy an seiner Schulter fest, während er mit Jon sprach.

„Wo? Hast du schon mit den beiden gesprochen?", fragte Dane, hielt inne und nickte zu dem, was Jon gerade sagte. „Was? Du willst mich doch verarschen. Wir sind schon unterwegs."

Dane warf sein Handy auf das Armaturenbrett. „Los. Sie sind Shana und Phoebe zu irgendeinem Laden in der Innenstadt gefolgt, um zu Mittag zu essen. Shana hat gewusst, dass ich Jon gebeten habe, sie zu beschatten, ich kann nicht fassen, dass sie sie abgehängt hat!"

„Was? Was zum Teufel meinst du?!"

„Genau das, was ich gesagt habe. Sie waren beim Mittagessen, sind auf die Toilette gegangen, die außer Sichtweite war, und dann hat er sie nicht mehr gesehen. Ich habe jetzt keine Zeit, ihn in der Luft zu zerreißen, aber wir müssen die beiden finden."

Jakes Herz krampfte sich zusammen, Angst und Verärgerung stießen in ihm zusammen. Er raste vom Parkplatz zurück auf den Highway. Seine Wut wurde von pochender Angst verdrängt. Er konnte den Gedanken nicht ertragen, dass Phoebe sich auf diese Weise in Gefahr begeben würde. Er wusste nicht, ob sie und Shana absichtlich versucht hatten, sich dem von Dane organisierten Schutz zu entziehen, oder ob etwas anderes passiert war. Nach dem, was er aus Callens E-Mails herausgefunden hatte, hatte er mehrere Kontakte in dieser Gegend. Sie waren so sehr an den Catamount Shiftern interessiert gewesen, dass sie Verbündete in der Gemeinschaft gesucht und zwei Shifter zu ihnen geschickt hatten. Was immer das auch bedeuten mochte, es verhieß nichts Gutes für Phoebes Wohlergehen. Er wusste zwar, dass sie aufgeweckt und gerissen war – genau das Gegenteil von leichter Beute –, aber sie war keine Shifterin. Anders als Shana konnte sie sich nicht einfach wandeln und angreifen, wenn sie körperlich bedroht wurde.

Er konnte den Gedanken kaum ertragen, dass sie verletzt werden könnte, aber die Gefahr war viel greifbarer, als ihm lieb war. Der Berglöwe in ihm wollte unbedingt ausbrechen, aber er musste jetzt weiterfahren und außerdem durften sie kein Aufsehen erregen. Er straffte also die Zügel und raste davon, so schnell er konnte.

KAPITEL NEUN

„Shana", flüsterte Phoebe heftig.

„Warte mal, ich versuche herauszufinden, wo sie sind."

Phoebe seufzte und lehnte sich gegen die Hütte. Sie befanden sich in den Ausläufern der Berge außerhalb von Bozeman. Shana war überzeugt, dass sie Paul gesehen hatte, der Patient, den sie im Krankenhaus für einen Shifter gehalten hatten. Obwohl Phoebe Shana erklärt hatte, sie sollten auf Jake und Dane warten, waren sie auf eigene Faust hierhergekommen. Nachdem sie in der Mittagspause viel zu lange darauf gewartet hatte, dass Shana von der Toilette zurückkam, hatte Phoebe sie dabei erwischt, wie sie sich aus dem Hintereingang des Restaurants schlich. Entnervt hatte Phoebe sich ihr angeschlossen und so waren sie Paul hierher gefolgt. Sie hatten sich in einer Art Jagdhütte am Waldrand verschanzt und beobachteten nun eine Ansammlung von Leuten in einem kleinen Tal in der Nähe.

Phoebe fragte sich, wo Jake und Dane wohl gerade waren und wie verärgert sie sein mochten. Ein Teil von ihr wusste, dass sie bei Shana die Rolle der Vernünftigen übernehmen musste, während ein anderer Teil von ihr entschied, dass sie nach dem, was sie herausgefunden hatten, auch handeln sollten. Sie war klug genug, um hier draußen auf sich selbst aufzupassen und würde sich zurückziehen, falls das nötig sein würde. Ihre größte Sorge galt Shana. Schnell war ihr bewusst geworden, dass Shana keinen blassen Schimmer davon hatte, wie sie die Sache anpacken wollte. Shana verhielt sich nicht gerade übermäßig vernünftig, und Phoebe befürchtete, dass sie sich wandeln und abhauen könnte. Und falls das passierte, würde Phoebe sie nicht zurückhalten können.

Plötzlich kam Shana um die Ecke zurück und lehnte sich neben Phoebe an die Wand der Hütte. Sie reichte ihr das Fernglas, das sie benutzt hatte. „Also, das sind auf jeden Fall Shifter."

„Wirklich?"

Shana nickte. „Ich habe gerade gesehen, wie sich zwei der Männer, darunter Paul, gewandelt haben. Ich glaube aber nicht, dass alle von ihnen Shifter sind. Aus dieser Entfernung ist das schwer zu sagen, aber sie sehen nicht alle so aus."

Phoebe nickte. Ihre Anspannung war so groß, dass sie nicht wusste, was sie tun sollte. Sie machte sich Sorgen um Shana und war sich nur allzu bewusst, dass sie sich weit weg von zu Hause in einer brenzligen Situation befanden, weshalb sie äußerst angespannt war. „Shana, ich schätze, wir sollten zurück zum Hotel fahren und Dane und Jake anrufen."

Shana blickte sie an und dann weg. „Ich weiß. Ich wollte nur wissen, ob wir herausfinden können, wohin Paul unterwegs war, und das haben wir. Ich bin nicht so bescheuert, mich mit ihnen anzulegen. Lass uns abhauen."

Phoebe war so erleichtert, dass sie Shana kurzerhand um den Hals fiel. Als sie sich von ihr löste, sah sie die anhaltende Traurigkeit in Shanas Augen, aber ihr Blick hatte den Anflug von Leichtsinn verloren, den sie vorhin noch wahrgenommen hatte. „Komm schon. Lass uns verschwinden." Sie legte ihren Arm um Shana und die beiden liefen zügig zurück zum Mietwagen, der auf dem unbefestigten Parkplatz in der Nähe des Wanderwegs stand, der sie zu der Hütte geführt hatte.

Während sie zurück zum Hotel fuhren, überlegte Phoebe, was sie zu Jake sagen würde, wenn sie ihn sehen würde. Aber als sie dort ankamen, war sie noch zu keinem Ergebnis gekommen. Shana hatte Dane angerufen, und er und Jake warteten auf dem Parkplatz, als sie eintrafen.

Als sie aus dem Auto stieg und sah, wie Jake gegen das Auto gelehnt dastand, konnte sie sich nicht zurückhalten, zu ihm zu laufen. Obwohl er so sauer aussah, dass sein Blick ein Loch in sie hätte brennen können, schlossen sich seine Arme wie von selbst um sie, als sie auf ihn zustürmte und ihre Arme um ihn schlang. Sie drückte ihren Kopf an seine Schulter und hielt sich fest. Sie war durcheinander, hatte Angst und war hundemüde, aber in seinen Armen zu liegen, fühlte sich an wie nach Hause kommen. Sie wusste, dass sie sich noch überlegen musste, wie sie mit all dem umgehen wollte, was auch immer das war, aber im Augenblick brauchte sie nur die Gewissheit, dass er für sie da war.

Seine starken Arme hielten sie fest, bis sie schließlich ihren Kopf hob. Als sie ihm in die Augen sah, ließ er sie langsam an seinem Körper hinuntergleiten. Seine Mundwinkel verzogen sich zu einem verlegenen Grinsen. „Ich war ziemlich angepisst und hatte wahnsinnigen Schiss, aber ich kann verstehen, warum du Shana begleitet hast."

Sie nickte. „Ich habe versucht, dich anzurufen ..."

Dane räusperte sich. „Entschuldigt die Unterbrechung, aber hier draußen ist es verdammt kalt. Lasst uns reingehen. Ihr zwei Turteltäubchen bekommt das vielleicht nicht mit, aber wir anderen schon", meinte er verschmitzt.

Phoebe warf einen Blick auf Dane und sah dann Shana in die Augen, die daraufhin errötete. „In Ordnung. Lasst uns reingehen."

Shana verdrehte die Augen und machte sich auf den Weg in Richtung Hotellobby. Dabei warf sie einen Blick über ihre Schulter zu Jake. „Ich habe Phoebe schon gesagt, dass es verdammt noch mal an der Zeit ist."

Jake schmunzelte, legte seinen Arm um Phoebes Taille und folgte den anderen im Gleichschritt.

———

Stunden später hatten sie Jake und Dane von ihrem nachmittäglichen Ausflug erzählt und saßen an dem kleinen runden Tisch in ihrer Hotelsuite und schauten sich eine Karte der Gegend an. Sie hatten sich zwar einen Vortrag von Dane und Jake gefallen lassen müssen, aber alles in allem war bisher alles gut gelaufen. Phoebe konnte spüren, dass Jake noch viel mehr darüber zu sagen hatte, was er davon hielt, dass sie einfach so abgehauen war, aber er hielt sich im Moment noch zurück.

Dane trug das Gebiet ein, in dem Shana die Shifter gesehen hatte, und ließ Jake die Daten der verschiedenen Internetadressen abrufen, die er ermittelt hatte. Phoebe war aufgedreht und erschöpft zugleich. Sie saß neben Jake, ihre Beine in seinem Schoß. Er streichelte abwesend ein Bein mit seiner Hand, und die Wärme dieser Berührung durchdrang ihre Leggings wie eine Droge. Sie hatte damit gerechnet, dass sie sich vor ihren Freunden eher unwohl fühlen würde, so mit ihm zusammen zu sein, aber seltsamerweise war das nicht der Fall. In Catamount, wo die Veränderung in ihrer Beziehung für alle so offenkundig erkennbar wäre, hätte sie es wohl schwieriger gefunden. Hier, an einem Ort, der so weit von ihrem Zuhause entfernt war, fiel es ihr irgendwie leichter, sich zu entspannen und ihre Beziehung so anzunehmen, wie sie war.

Zwischen ihnen herrschte immer ein leichtes Knistern. Sie waren mit Dane und Shana essen gegangen, und sie hatte es geschafft, sich angemessen zu verhalten, aber nur knapp. Jake machte es ihr nicht gerade leichter, indem er seine Hände immer und überall auf sie legte, egal, wo sie sich gerade befanden. In diesem Augenblick strich sein Daumen über ihren Oberschenkel und kam dem Zentrum ihrer Lust so nahe, dass sie sich zwingen musste, ihre Hüften ruhig zu halten. Hitze brodelte in ihrem Bauch, flüssiges Verlangen pulsierte in ihr.

„Mit dem, was ihr beide heute herausgefunden habt, und Jakes Daten können wir den Kreis der Internetadressen genau dort eingrenzen, wo ihr sie heute gesehen habt", stellte Dane fest und seine Worte durchbrachen den Nebel der Lust, in dem Phoebe trieb.

Jake nickte zustimmend. „Vielleicht sollten wir Hayden Thorne einen Besuch abstatten."

Dane nickte. „Ich schätze, da fangen wir morgen an."

„Wer ist das denn?", fragte Shana.

„Das ist einer der Leute, denen Callen oft gemailt

hat. Er arbeitet für das FBI beim Fish and Wildlife Service. Nach allem, was wir wissen, gehört er nicht zum Schmugglernetzwerk, aber wir sind uns nicht sicher. Auf jeden Fall ist er ein Beamter, also können wir ihn getrost in seinem Büro aufsuchen und uns unser eigenes Bild machen."

„Bist du wahnsinnig?", fragte Phoebe und setzte sich in ihrem Stuhl aufrecht hin, um sich aus ihrer entspannten Benommenheit herauszureißen. „Wir können doch nicht das Interesse des FBI wecken. Die Catamount Shifter können es überhaupt nicht gebrauchen, dass so jemand bei ihnen rumschnüffelt."

Shana nickte entschieden. „Ich stimme Phoebe in diesem Punkt zu. Wir sollten die Dinge nicht noch schlimmer machen."

Jake begegnete Phoebes Blick, seine hellblauen Augen waren unverwandt. „Callen hat Catamount bereits auf seinem Radar. Wenn er zu den bösen Jungs gehört, ist er bereits auf uns aufmerksam geworden. Nach dem, was ich in seinen E-Mails gelesen habe, war er jedoch keiner der Kontakte, die Callen hier draußen getroffen hat."

Phoebe warf Shana einen kurzen Blick zu, die ihre Lippen schürzte und mit den Schultern zuckte. Phoebe war eingebläut worden, dass Shifter nur überleben konnten, wenn sie ihre Geheimnisse für sich behielten. Ihre Verbindungen zu den Catamount Shiftern waren sehr eng, deshalb hatte sie ihr Geheimnis auch so sorgfältig gehütet und es gefiel ihr nicht, sie der Regierung in die Arme zu treiben.

Dane nickte Jake zu. „Er hat Recht. Wenn der Kerl auf der falschen Seite ist, weiß er bereits, wo Callen wohnt, und er hätte genügend Spuren folgen können. Dass wir hier auftauchen, wird daran nichts ändern, aber es könnte uns ein paar Anregungen liefern."

Phoebe sah Jake wieder in die Augen, die fest und entschlossen wirkten. Dann zuckte sie mit den Schultern. „Gut, aber seid lieber vorsichtig."

Danes Blick wanderte zwischen ihr und Shana hin und her. „Das werden wir, aber nach dem, was ihr zwei hier abgezogen habt, seid ihr auch nicht viel besser."

Phoebe kämpfte gegen den Drang an, anzumerken, dass sie Shana nur hierher gefolgt war, um für ihre Sicherheit zu sorgen. So sehr sie auch widersprechen wollte, sie wollte nicht die Aufmerksamkeit auf Shana lenken. Shana mochte sich im Augenblick vielleicht ein wenig leichtsinnig verhalten, aber immerhin hatte sie schon eine Menge durchgemacht. Phoebe war klar, dass Shana von dem Schmerz und der Trauer über Callens Tod und Verrat getrieben war. Shana schnaubte und verdrehte die Augen. „Es ist nichts passiert, also brauchst du uns auch nicht weiter behelligen."

Jake wandte sich Shana zu und blickte sie abschätzig an. „Ihr habt verdammtes Glück, dass nichts passiert ist. Es war schon schlimm genug, dass du Phoebe da mit hineingezogen hast ..."

Shana unterbrach ihn. „Ich habe Phoebe in gar nichts hineingezogen! Sie ..."

Jakes Hand schnitt durch die Luft. „Ich weiß genau, dass Phoebe ihre eigenen Entscheidungen trifft, aber ich weiß auch, dass du diejenige bist, die auf diese geniale Idee gekommen ist. Ich kann ja verstehen, warum du nach dem, was Callen da abgezogen hat, mithelfen möchtest. Aber bitte denk doch mal nach. Es war schon genug, dass Chloe gekidnappt worden ist. Du bist eine Shifterin und Phoebe nicht. Wenn etwas passiert und du dich wandeln musst, um zu kämpfen, wegzulaufen oder dich zu verstecken, kannst du das. Phoebe hat diese Möglichkeit nicht.

Ich bin nicht sauer, aber das werde ich, wenn du weiterhin versuchst, alles herunterzuspielen." Jakes Worte waren leise und bestimmt.

Phoebe zuckte zusammen, als er sich mit seiner Hand an ihrem Bein festhielt. Augenblicklich wandte sich Jake ihr zu und sein Blick wurde sanfter. Er löste seine Hand und strich langsam an ihrem Bein auf und ab. Phoebe war völlig aufgewühlt. Rein rational sollte sie sich über Jakes Beschützerinstinkt ärgern, aber gleichzeitig erregte er sie auch. In den vielen Jahren, in denen sie befreundet waren, hatte er sie immer so behandelt, als ob sie unbesiegbar gewesen wäre. Deshalb war es umso schöner, dass er sich um ihre Sicherheit sorgte. Und wenn er nicht bald damit aufhörte, sie in den Wahnsinn zu treiben, weil seine Hand abwesend an ihren Beinen auf und ab wanderte, würde sie sie beide noch in große Verlegenheit bringen. Sie holte tief Luft und sah sich am Tisch um.

Shana betrachtete die Armlehne ihres Stuhls und fuhr mit ihrer Fingerspitze über die geschwungene Kante. Dann seufzte sie und schaute auf. „Na gut, so habe ich das noch gar nicht betrachtet." Sie warf Phoebe einen kurzen Blick zu und biss sich auf die Lippe. „Danke, dass du mitgekommen bist. Ich weiß, dass du das getan hast, weil du sichergehen wolltest, dass es mir gut geht. Aber Jake hat Recht." Shana wandte ihren Blick zu Jake und hob ihr Kinn an. „Ich bin zwar immer noch der Meinung, dass wir ganz gut auf uns selbst aufpassen können, aber du hast nicht ganz Unrecht."

Dane schüttelte den Kopf und gluckste. „Ich hätte nie gedacht, dass ich den Tag noch erleben würde, an dem du zugibst, dass Jake Recht haben könnte. Du weißt schon, dass wenn du ihm Recht gibst, heißt das, dass ich auch Recht habe, oder?"

Shana warf eine zusammengeknüllte Serviette nach ihm, die nach dem Essen übrig geblieben war. „Genieße den Augenblick, denn so etwas wird sich so schnell nicht wiederholen."

Dann drehte sich das Gespräch um die Planung der nächsten paar Tage. Phoebe war völlig unaufmerksam, weil sie von Jakes Nähe so gefangen war – wie er abwesend mit der Handfläche über ihr Bein strich und mit dem Daumen sanft über ihre Mitte glitt. Der Tisch verbarg seine Bewegungen. Sie hatte schon fast vergessen, dass Dane und Shana gemeinsam mit ihnen im Raum waren. Irgendwann schloss sie die Augen und genoss die Empfindungen, die ihren Körper durchströmten.

Schließlich zog sich Shana in ihr Zimmer zurück und Dane kündigte an, auf der Couch zu übernachten. Als Dane zum Auto ging, um etwas zu holen, stand Jake schnell auf, hob sie in seine Arme und eilte ins andere Schlafzimmer, dessen Tür er hinter ihnen zuschlug. Mit einer geschmeidigen Bewegung kniete er sich auf das Bett und streckte sie unter sich aus, sodass er mit seiner ganzen Länge auf ihr landete und ihre Handgelenke mit einer seiner Hände über ihrem Kopf festhielt.

Ihr Puls beschleunigte sich, als sein Blick den ihren traf und sich in sie hineinbrannte. Sie war innerlich völlig aufgewühlt, weil er sie in der letzten Stunde so leichtfertig verführt hatte. Er flüsterte ihren Namen, seine Stimme war rau und unbeherrscht, bevor er ihre Lippen einforderte. Sein Kuss war leidenschaftlich. Sofort wurde sie von der Hitze des Augenblicks verschlungen – heißes, bedürftiges, flüssiges Verlangen strömte durch sie hindurch. Ihre Zunge verschmolz mit seiner. Sie wollte ihm unbedingt näher kommen. Da beugte er sich über sie und drückte seine Hüften gegen ihre, wobei der heiße, harte Beweis seiner Erregung gegen ihre Mitte drückte. Sie keuchte in seinen Mund. Plötzlich zog er sich zurück und seine blauen Augen bohrten sich in sie.

„Erschreck mich nie wieder so!"

Obwohl seine Worte als Befehl hätten verstanden werden können, fühlten sie sich wie reine Zärtlichkeit an. Sie schüttelte den Kopf. „Bestimmt nicht. Ich ..."

„Du brauchst nichts zu erklären. Ich weiß genau, warum du Shana begleitet hast. Du bist eben so eine Freundin. Aber ich könnte es nicht ertragen, wenn dir etwas zustoßen würde." Seine Stimme brach, und er schnappte nach Luft. Plötzlich stieß er sich von ihr ab. Dabei bewegte er sich schnell und präzise. In Windeseile waren ihre Kleider ausgezogen und seine zur Seite geworfen. Der Raum war kühl, ihre Haut kribbelte. Aber sie war völlig gefangen von der Hitze seines Körpers. Als er sich diesmal über sie beugte, keuchte sie auf, sobald sie seine heiße Haut an ihrer spürte. Er strich mit einer Hand ungestüm durch ihr Haar. Dann hielt er einen Augenblick still und sah ihr in die Augen, sein Blick war heiß und elektrisch. Er streichelte ihre Wange und brachte seine Lippen wieder auf ihre, sein Daumen fuhr über ihren Puls, während er ihren Hals hinunter strich, die Linie ihres Schlüsselbeins nachzeichnete und sich schließlich um ihre Brust schlängelte.

Die schwache elektrische Ladung, die stets in ihr brummte, sobald er in ihrer Nähe war, entlud sich in ihrer Mitte und ließ die Hitze spiralförmig nach außen steigen. Sie spürte seine Berührung überall gleichzeitig. Seine Lippen kitzelten ihr Ohr und bahnten sich einen Weg ihren Hals hinunter. Seine Finger umspielten ihre Brustwarzen, zupften und knabberten sanft an ihnen. Küsse verteilten sich auf ihrem ganzen

Körper, seine Hände waren weich und hart zugleich und seine raue Haut machte sie rasend. Seine Eichel an ihrem Eingang weckte in ihr das dringende Verlangen, ihn in sich zu spüren.

Sie konnte gar nicht nah an ihn herankommen, ihre Hände glitten über seinen harten, muskulösen Körper und ihre Nägel kratzten über seinen Rücken. Als er nach dem Kondom griff, das er auf dem Nachttisch hinterlassen hatte, packte sie ihn am Arm. „Das ist nicht nötig. Ich nehme die Pille."

Jake erstarrte und drehte seinen Kopf langsam zu ihr. „Phoebe ..."

Plötzlich fühlte sie sich unsicher. Sie hatte ihm einfach nur so nahe sein wollen, wie es ihr möglich war, ohne Hindernisse. Und dafür gab es auch wirklich keinen Grund. Trotz ihres Unbehagens hatte sie damit angefangen, also musste sie es auch zu Ende bringen. „Jake, das hat doch keinen Sinn. Ich nehme die Pille und ich kann mich kaum daran erinnern, wann ich das letzte Mal vor dir Sex hatte. Ich bin clean. Und ich weiß, dass du das auch bist. Wenn du darauf bestehst ..."

Seine Lippen formten sich zu einem hitzigen Lächeln, bevor er ihren Mund wieder einforderte. Obwohl sie damit nicht gerechnet hatte, steigerte er die Hitze zwischen ihnen immer weiter. Seine Berührungen wurden immer rauer und unbeherrschter. Sie krümmte sich unter ihm, weil sie ihn unbedingt in sich spüren wollte. Wieder streiften seine Lippen über ihren Hals. Da zog er ihre Hände hoch und hielt sie über ihrem Kopf fest. Als sie sich ihm entgegenwölbte, schlossen sich seine Lippen um eine Brustwarze, seine Zähne knabberten daran und der sanfte Biss entlockte ihr einen Schrei.

„Jake ... bitte ..."

Er murmelte eine Antwort gegen ihre Brust und hob seinen Kopf. Sie verlor sich in seinem dunklen, blauen Blick, während er langsam seine Hüften bewegte und seine Eichel an ihrem vor Verlangen triefenden Eingang kitzelte. Ihr Atem kam in rasenden Stößen, als er sie bis zur Unerträglichkeit reizte. Sobald sie erneut seinen Namen aussprach, drang er mit einer schnellen Bewegung vollständig in sie ein. Der Druck in ihr wurde immer größer und größer. Er stieß jedes Mal vollständig in sie hinein und zog sich wieder aus ihr heraus, dehnte und füllte sie immer wieder aus. Ein Zittern breitete sich von ihrem Zentrum aus, bis sie schließlich zersprang und ihr Höhepunkt sie durchzuckte. Er schluckte ihre Schreie mit seinem Mund und keuchte in den ihren, als er ein letztes Mal in sie eindrang und sie erschaudern ließ. Danach verstummte er und zog sich zurück. Er lehnte seine Stirn an ihre. Ihre rasenden Atemzüge erfüllten den Raum und wurden im Gleichklang langsamer. Sie verharrten ganz ruhig, bis Jake langsam seinen Griff um ihre Handgelenke löste und mit seiner Hand an ihrer Seite entlangstrich, um ihre Kurven nachzuzeichnen.

„Dir wird kalt", murmelte er, bevor er sich langsam aus ihr herauszog und zur Seite rollte, um die Decke unter ihnen wegzuziehen. In Sekundenschnelle lag sie in seinen Armen unter der Bettdecke und wurde von seiner Wärme durchflutet.

KAPITEL ZEHN

Jake schaute sich um, als er und Dane sich zu Hayden Thornes Büro begaben. Das Bürogebäude lag an den Ausläufern der Berge, die Bozeman umgeben. In der Nacht war frischer Pulverschnee gefallen. Ein leichter Nebel hing in der kalten Luft, als die Sonne über den Bergen aufging und die Landschaft zum Funkeln brachte, wo sie sich im Schnee spiegelte. Er trat mit seinen Stiefeln gegen die Türschwelle, um den festgetretenen Schnee abzuklopfen, als sie ins Haus traten. Dane folgte ihm. Im Gebäude war es ganz ruhig und der Empfangstresen leer. Dane betätigte die Klingel, die auf dem Schreibtisch lag.

Es dauerte einen Augenblick, dann öffnete sich eine der Bürotüren und ein Mann steckte seinen Kopf durch die Tür. „Guten Morgen, kann ich Ihnen helfen?"

Jake nickte. „Wir suchen nach Hayden Thorne."

Der Angesprochene wölbte eine Augenbraue und trat aus seinem Büro. Jake erkannte ohne Zweifel, dass er ein Shifter war. Er war groß und schlaksig, sein Körper vermittelte ein Gefühl von gespannter Energie, einen unterschwelligen Hauch von angeleinter Macht. Er hatte goldbraunes Haar und karamellfarbene Augen, seine Gesichtszüge wirkten katzenhaft. Bevor er nach vorne trat, um seine Hand anzubieten, blickte er zwischen Jake und Dane hin und her. „Nun, das wäre dann ich." Er hielt inne und deutete auf den leeren Empfangstresen. „Unsere Empfangsdame ist heute krank, ich hoffe, Sie haben nicht zu lange gewartet."

Nachdem sie sich kurz vorgestellt hatten, meinte Dane: „Wenn es jetzt nicht passt, können wir auch später wiederkommen."

Hayden schüttelte den Kopf. „Lieber jetzt als später. Kommen Sie doch rein." Er bedeutete ihnen, sich an einen Tisch in seinem Büro zu setzen und schloss die Tür, bevor er sich zu den beiden gesellte. „Was kann ich für Sie tun?"

Jakes Bauchgefühl bestätigte seine Wahrnehmung aus den vielen E-Mails, die er von Hayden an Callen gelesen hatte, dass Hayden kein schlechter Kerl war, also beschloss er, gleich zur Sache zu kommen. „Kommt Ihnen der Name Callen Peyton bekannt vor?"

Haydens Blick wurde schärfer. Er nickte langsam. „Ja, sicher. Wie kommt es, dass Sie Callen kennen?"

„Callen ist tot", stellte Dane unverblümt fest.

Da ergriff Jake das Wort. „Ich habe Ihren Namen in seinem E-Mail-Postfach gefunden. Wir haben Grund zu der Annahme, dass er vor seinem Tod mit ein paar zwielichtigen Gestalten hier zu tun hatte. Ich möchte ganz offen sein: Ich bin mir nicht sicher, ob wir verrückt sind, mit Ihnen zu sprechen, da Sie ja für das FBI arbeiten, aber Callen hat vor seinem Tod ein riesiges Wespennest aufgerissen. Wir müssen mehr darüber herausfinden, was er hier draußen gemacht hat und was Sie vielleicht wissen."

Hayden lehnte sich in seinem Stuhl zurück und ließ einen Stift zwischen seinen Fingern kreisen. „Und wie kann ich Ihnen Ihrer Meinung nach helfen?"

Jake beugte sich vor, und Unmut machte sich in ihm breit. Sie hatten keine Zeit für irgendwelche Worthülsen. Er wusste genau, dass Hayden eine Ahnung hatte, was los war. „Callen hat sich regelmäßig mit Ihnen über die Berglöwenshifter hier draußen unterhalten. Seit seinem Tod sind zwei Shifter aus dem Nichts aufgetaucht und es gab eine Entführung. Wir haben jetzt nicht die Zeit, das in aller Ausführlichkeit zu behandeln. Entweder Sie helfen uns, oder wir ermitteln auf eigene Faust weiter. Wenn Sie auch nur eine Sekunde glauben, dass ich zögern würde, Ihre Beteiligung an der Sache bekannt zu machen, irren Sie sich."

Hayden hielt Jakes Blick fest und schien von Jakes Bemerkung keineswegs beunruhigt zu sein. Eine bedrückende Stille herrschte im Raum, bevor Hayden den Stift ablegte, sich nach vorne lehnte und die Ellbogen auf den Tisch stützte. „Ich nehme an, wir müssen einander jetzt wohl alle ein wenig Vertrauen schenken. Ich habe Ihre beiden Namen bereits gehört und die Lokalnachrichten über die Entführung in Maine verfolgt. Aufgrund Ihrer Beteiligung an dieser Angelegenheit und meines Bauchgefühls gehe ich davon aus, dass wir einander vertrauen können."

Jake schwieg, aber er war erleichtert. Er hatte seine Zweifel gehabt, ob sie sich wirklich mit Hayden treffen sollten. Die Shifter in Catamount konnten gewiss nicht gebrauchen, die Aufmerksamkeit einer Bundesbehörde auf sich zu ziehen. Aber Callen hatte sie bereits in seinen Mitteilungen an Hayden ins

Rampenlicht gerückt. Jake hatte fest darauf gehofft, dass sie es schaffen würden. Haydens Kooperationsbereitschaft war ein Anfang.

Hayden fuhr fort: „Callen hat mir schon vor über einem Jahr E-Mails geschickt. Ich habe sofort geahnt, dass er herausfinden wollte, ob es hier draußen Berglöwenshifter gibt. Erst später habe ich festgestellt, dass er sich mit einer üblen Bande von Shiftern zusammengetan hat. Ich habe einige der Shifter unter die Lupe genommen, mit denen sich Callen in den letzten Jahren eingelassen hat. Ich nehme an, Ihnen geht es um das Gleiche wie mir – Sie wollen herausfinden, wer in die Sache verwickelt ist und wer hier den Ton angibt.“

Dane fing Jakes Blick auf und nickte. „Ganz richtig“, antwortete er und wandte sich an Jake, bevor er sich zu Hayden drehte. „Wir haben gewusst, dass etwas nicht in Ordnung war, als Callen ums Leben gekommen ist. Uns war klar, dass er herausfinden wollte, ob es hier draußen Shifter gibt, aber es war völlig unverständlich, dass er in Löwengestalt in den Osten unterwegs war. Jake hat Erfahrung mit Computern und Programmierung sowie mit kriminaltechnischen Online-Recherchen. Als er damit angefangen hat, Callens E-Mail-Konten zu durchforsten, hat er herausgefunden, dass Callen versucht hat, einen Preis für den Einsatz von Shiftern aus Catamount für den Drogenschmuggel auszuhandeln.“

Hier nahm Jake den Faden wieder auf. „Ich bin auf seine E-Mails mit Ihnen gestoßen, aber darin stand nichts über Drogenschmuggel. Später, wenn ich das richtig verstehe, scheinen Sie versucht zu haben, ihn vor einigen dieser Typen zu warnen, mit denen er zu tun hatte.“

Hayden nickte entschlossen. „Sobald ich die

Zusammenhänge begriffen hatte, habe ich versucht, ihn davon abzuhalten. Aber Sie wissen ja, wie das läuft. Ich wollte nicht zu viel verraten, und es wurde klar, dass er sich nicht beirren lassen würde. Danach habe ich mich zurückgezogen und bin nur noch in Kontakt geblieben, um zu erfahren, wann er hergekommen ist." Hayden hielt inne, ein Muskel in seinem Kiefer zuckte. „Verstehe ich das richtig, dass Sie alle nichts davon gewusst haben, was er vorhatte, bis er gestorben ist?"

Dane fuhr sich mit einer Hand durch die Haare und schüttelte seufzend den Kopf. „Nicht das Geringste. Er war mein Schwager. Meine Schwester, seine Frau, hatte keine Ahnung. Sie ist in mehrfacher Hinsicht am Boden zerstört, seit sie herausgefunden hat, was er da getrieben hat. Nachdem Chloe entführt worden war, ist die Sache aufgeflogen. Callens Bruder, Randall, war einer der Entführer. Übrigens, Chloe ist meine Verlobte. Man hat ihr zu verstehen gegeben, dass man sie als Druckmittel gegen mich gebraucht hat. Wir haben nicht viel mehr von den Entführern erfahren, aber sie bleiben vorerst im Gefängnis. Irgendwelche Einschätzungen dazu?"

Hayden zuckte mit den Schultern. „Ich schätze, die Kerle haben gewusst, dass Sie in der Community was zu sagen haben. Nach Callens Tod wollten sie möglicherweise Sie dazu überreden, ihre Schmuggelaktion zu unterstützen oder sie zumindest nicht zu behelligen. Ich würde Ihnen ja gerne sagen, dass ich weiß, wie es zu diesem riesigen Schlamassel gekommen ist. Aber ich weiß nur, dass vor ein paar Jahren Gerüchte die Runde gemacht haben, dass die Shifter für den Drogenschmuggel bezahlt werden. Bisher konnte ich die Sache nur mit Einzelpersonen in Verbindung bringen. Wer auch immer das Ganze leitet, hält sich nicht in dieser Gegend auf. Soweit ich herausfinden konnte, hat sich der Schmuggel bis zur Bekanntschaft mit Callen auf den Westen von Montana bis nach New Mexico beschränkt. Das große Geld wird mit dem Schmuggel aus Mexiko in die Vereinigten Staaten gemacht. Da es hier draußen so viele Berglöwen gibt, ist es für die Shifter leicht, sich frei zu bewegen, wenn sie in Löwengestalt sind, solange sie sich von den Städten fernhalten. Es überrascht mich gar nicht, dass sie nun ihre Aktivitäten auf den Osten ausdehnen wollen, immerhin geht es hier um eine Menge Geld. Wenn sie es schaffen, die Drogen an die Ostküste zu schmuggeln, ist das ein riesiger Markt. Ich hätte nicht gedacht, dass Callen so bescheuert sein würde, darauf hereinzufallen. Berglöwen gelten im Osten schon lange als ausgerottet. Man kann sich dort nicht frei bewegen. Ich weiß gar nicht, wie Sie das schaffen."

Jake lehnte sich mit einem Seufzer zurück. Hayden hatte seinen Verdacht bestätigt. Er hatte sich aber erhofft, dass Hayden mehr Informationen darüber hatte, wer dahinterstecken könnte. „Irgendwelche Anhaltspunkte, wer damit angefangen hat?"

„Da gibt es nicht viel zu sagen. Ich glaube aber nicht, dass es hier angefangen hat. Ich kann Ihnen ein paar ortsansässige Shifter nennen, von denen ich weiß, dass sie darin verwickelt sind, aber sie haben auch nicht mehr mit der Sache zu tun als Callen. Seit ich davon Wind bekommen habe, habe ich Nachforschungen angestellt, aber das ist nicht ganz einfach. Jetzt halten Sie mich sicher für verrückt, weil ich für das FBI arbeite, aber ich mache diesen Job schon seit Jahren. Und als Shifter interessieren mich natürlich alle Gerüchte über Shifter. Wir müssen uns hier zwar nicht so viele Sorgen machen wie ihr im Osten, aber das Letzte, was wir gebrauchen können, ist, dass die Menschen herausfinden, dass es Shifter wirklich gibt. Der Mythos spielt uns dabei in die Hände."

Dane warf Jake einen Blick zu. „Könnten Sie uns ein paar Namen von den beteiligten Einheimischen nennen?"

„Selbstverständlich. Ich bin froh, dass Sie auch an dieser Sache arbeiten. Vielleicht können wir gemeinsam herausfinden, wer dahintersteckt. Seit Callen gestorben ist und ich die Nachrichten über die Entführung in Catamount gesehen habe, habe ich mich gefragt, ob hier draußen wohl jemand auftauchen würde."

Jake lehnte sich in seinem Stuhl zurück. Seine Schultern waren angespannt, und er drehte den Kopf, um sie zu entspannen. „Wir hatten fest vor, irgendwann hierher zu kommen, aber die Umstände haben uns dazu gezwungen, früher zu handeln."

Auf Haydens hochgezogene Augenbraue hin fassten Jake und Dane schnell die Ereignisse in Catamount und den unerwarteten Trip von Shana und Phoebe zusammen. Als Dane die Shifter erwähnte, die Shana und Phoebe gestern gesehen hatten, stieß Hayden einen Fluch aus. „Das Letzte, was sie tun sollten, ist, sich in den Ausläufern der Berge in dieser Gegend herumzutreiben. Ich weiß ja nicht, wie es bei euch im Osten aussieht, aber die Hälfte der Berglöwen, denen man hier draußen begegnet, sind Shifter. Das Gelände, auf das sie gestoßen sind, ist zufällig das Lager eines ortsansässigen Schmugglers."

Jake geriet außer sich vor Wut. Er konnte nicht an Phoebe denken, ohne Angst davor zu haben, was alles hätte passieren können. Im Augenblick hätte er sie am liebsten sofort zum Flughafen geschleppt und sie zurück nach Catamount gebracht. Sein Verstand erinnerte ihn daran, dass Chloe in Catamount auch nicht sicher gewesen war, also konnte er nicht davon ausgehen, dass Phoebe dort in Sicherheit wäre. Er wusste nur, dass er die Vorstellung nicht ertragen konnte, dass sie in Gefahr war.

———

Phoebe nahm einen Schluck Kaffee und schaute sich im Diner um, wo sie und Shana ein spätes Frühstück eingenommen hatten. Sie war in den frühen Morgenstunden aufgewacht, mit Jake dicht an sie geschmiegt. Das graue Licht der Morgendämmerung war durch die Vorhänge gedrungen. Das Gefühl seines Herzschlags in ihrem Rücken hatte das Verlangen in ihren Adern ansteigen lassen. Doch ein heftiges Klopfen an ihrer Tür hatte diesen Augenblick unterbrochen. Jake hatte ihr einen sanften Kuss auf den Nacken gegeben, bevor er sich aus dem Bett gewälzt hatte. Er hatte Dane zugerufen, gleich bei ihm zu sein, und hatte sie innerhalb von fünf Minuten in den Wahnsinn getrieben.

Nachdem er gegangen war, hatte sie fast schlaff an der Duschwand gelehnt und war von einem Schauer durchzuckt worden. Allein die Erinnerung daran ließ sie erröten. Sie schüttelte den Kopf und zwang sich, wieder an die Gegenwart zu denken.

„Also, du und Jake?", fragte Shana mit einem neckischen Glitzern in ihren Augen.

Phoebe nickte und errötete wieder. „Ja. Ich habe das nicht wirklich erwartet. Aber die Dinge scheinen sich zu entwickeln. Ich bin mir allerdings nicht sicher, was das auf lange Sicht bedeutet." Sie hielt inne und überlegte, was sie noch sagen sollte. Shana war ihre engste Freundin, aber Phoebe hatte das Geheimnis ihrer Gefühle für Jake für sich behalten, weil sie nie damit gerechnet hatte, dass sich jemals etwas daraus entwickeln würde. Sie holte tief Luft, um ihre Nerven zu beruhigen. „Ehrlich gesagt, wenn ich mir erlaube, so viel darüber nachzudenken, drehe ich noch durch." Sie hielt inne, weil sie noch nicht bereit dazu war, laut auszusprechen, was ihr Herz längst wusste. Die Sache mit Jake war schon zu weit fortgeschritten, hatte sich zu schnell entwickelt. Sie hatten den Punkt überschritten, an dem sie nur noch Freunde sein konnten. Sie wusste nicht, wie ihr Herz überleben sollte, falls es nicht klappte. Ihre anfänglichen Befürchtungen, ihre Freundschaft einzubüßen, erschienen ihr jetzt geradezu harmlos und unbedeutend. Inzwischen fürchtete sie, dass ihr Herz zerbrechen würde.

Shana sah sie einen langen Augenblick lang an, ihre blaugrauen Augen waren sanft und warm. „Er liebt dich, das weißt du."

Shanas Worte trafen sie mitten ins Herz und wirbelten die Schmetterlinge in ihr hoch. „Glaubst du das?"

Shana nickte langsam. „Ich habe immer schon vermutet, dass er dich liebt, genau wie ich angenommen habe, dass du ihn liebst. Aber ich habe nichts gesagt, weil er sich mit keiner Frau einlassen wollte, die keine Shifterin ist, und ich habe mir gedacht, du wolltest deine Freundschaft nicht aufs Spiel setzen. Ich hatte immer vorgehabt, ihm irgendwann mal die Leviten zu lesen, aber er scheint endlich von selbst zur Vernunft gekommen zu sein."

„War das denn so offensichtlich?" Die Hoffnung schlug wie eine Trommel in ihrem Herzen. Shanas Aussage, dass sie immer schon davon überzeugt gewesen war, dass Jake sie liebte, war wie eine Rettungsleine, an der sie sich festhielt, in der Hoffnung, dass sie dadurch das finden würde, was sich ihr Herz so verzweifelt wünschte.

„Wenn du damit meinst, was du für ihn empfunden hast, war das nicht so offensichtlich. Ich habe das eher geahnt, weil ich dich so gut kenne. Für alle anderen war es wahrscheinlich nicht so offensichtlich. Was Jake angeht, so war es für Dane ziemlich eindeutig und der kennt Jake ja wohl besser als jeder andere."

Phoebe goss einen Schuss Sahne in ihren Kaffee und beobachtete, wie die Milch aufgewirbelt wurde, während sie sie einrührte. „Ich versuche, mir keine Sorgen zu machen, aber das ist schwer. Ich liebe ihn. Die ganze Zeit über habe ich es geschafft, mich zusammenzureißen. Wenn das jetzt schiefgeht, bin ich mir nicht sicher, ob ich damit klarkomme." Ihr Atem stockte, ihre Kehle war wie zugeschnürt. Dann begegnete sie Shanas Blick. „Einerseits wollte ich das schon so lange, dass ich es fast nicht glauben kann. Auf der anderen Seite stecke ich schon zu tief drin. Wenn das nicht klappt, verliere ich alles, was ich mit ihm hatte, weil ich nicht mehr länger bloß mit ihm befreundet sein kann."

Shana legte ihren Kopf schief und seufzte. „Wie wäre es, wenn du dich auf das beschränken würdest, was gerade geschieht, anstatt auf das, was nicht geschieht?"

Phoebe wickelte eine wilde Locke um ihren Finger und stimmte in Shanas Seufzer ein. „Ich versuche es."

Da drückte Shana Phoebes Hand. „Bei allem, was ich in letzter Zeit verarbeiten musste, habe ich mir angewöhnt, mich auf den Augenblick zu konzentrieren. Ich könnte den ganzen Tag über in Erinnerungen schwelgen und mich fragen, wie ich übersehen konnte, was Callen da angerichtet hat, aber das ändert gar nichts." Eine Träne kullerte über Shanas Wangen, und sie wischte sie schnell weg.

„Shana, es tut mir so leid. Ich wünschte ..."

Shana schüttelte den Kopf. „Ich weiß, dass du alles wieder in Ordnung bringen möchtest. Du bist die beste Freundin, die es je gegeben hat, indem du einfach da warst. Ich schaffe das schon. Ich weiß, ich hätte dich nicht dazu drängen sollen, mich hierher zu begleiten, aber ich bin verdammt froh, dass du das getan hast."

Phoebes Augen füllten sich mit Tränen, so traurig war sie über das, was Shana gerade durchmachen musste, und sie wünschte sich, einen Weg zu finden, ihren Schmerz zu lindern. In diesem Augenblick kam die Kellnerin und zögerte, als sie ihre Blicke bemerkte. Sie wollte sich schon zurückziehen, als Shana den Kopf schüttelte. „Oh, keine Sorge. Das Essen wird dir helfen", erklärte sie mit einem schiefen Grinsen.

Nachdem die Kellnerin sie bedient und den Kaffee nachgefüllt hatte, sah Shana Phoebe in die Augen und hob ihre Kaffeetasse zu einem Toast an. „Auf die Freundschaft und auf zweite Chancen."

Phoebe stieß mit ihrer Tasse gegen Shanas an und verschlang ihre Pfannkuchen. Als sie sich über leichtere Themen unterhielten, kamen Jake und Dane mit einem unbekannten Mann im Schlepptau an. In kürzester Zeit saßen sie am Tisch und hatten Frühstück bestellt. Hayden stellte sich vor. Das Gespräch blieb eher oberflächlich, obwohl Jake und Dane ihnen versichert hatten, dass man Hayden vertrauen konnte. Während sie aßen, drängte Jake sein Bein in der engen Sitzecke gegen ihres. Es spielte keine Rolle, dass sie nur wenige Stunden zuvor noch mit ihm geschlafen hatte: Sie wollte ihn mit jedem Atemzug und jedem Herzschlag.

KAPITEL ELF

Phoebe lief neben Shana durch die Innenstadt von Bozeman. Jake und Dane hatten sich auf den Weg zu einem weiteren Treffen mit Hayden gemacht, um die von Jake zusammengetragenen Daten zu überprüfen. Phoebe und Shana waren unterwegs, um ein wenig zu shoppen, aber auch, um ein paar Hinweisen nachzugehen, die Hayden ihnen über einige Gegenden gegeben hatte, in denen sich Shifter aufhielten. Dane und Jake hatten widerwillig zugestimmt, nachdem Hayden ihnen versichert hatte, dass er die Gegend aufgrund der hohen Bevölkerungsdichte für sicher hielt. In der Innenstadt von Bozeman gab es ein historisches Viertel mit zahlreichen Kunstgalerien, Einkaufsmöglichkeiten und Restaurants. Nachdem Jake und Dane berichtet hatten, dass Hayden vermutete, dass die Hälfte der Gebirgslöwen hier draußen Shifter waren, ertappte sich Phoebe dabei, wie sie jeden, dem sie begegneten, ständig unter die Lupe nahm. Obwohl Catamount dicht von Shiftern bevölkert war, war ihre Verbreitung im Osten viel geringer. In weiten Teilen des Westens gab es hingegen noch stabile Bestände von Berglöwen. Es war schon seltsam, sich vor Augen zu führen, dass Shifter hier so weit verbreitet waren. Im Zusammenhang mit den jüngsten Ereignissen bereitete das Phoebe Sorgen. Sie wusste nicht, wem sie außerhalb ihres kleinen Freundeskreises vertrauen konnte.

Shana hakte sich bei Phoebe unter und zog sie in eine weitere Kunstgalerie. „Wir müssen Roxanne und Lily etwas mitbringen."

Roxanne war eine gute Freundin von ihnen beiden, ebenso wie Lily, Jakes jüngere Schwester. Phoebe sah sich in der Galerie um, die mit einer Mischung aus Töpferwaren, Schmuck, Metallskulpturen und Aquarellen gefüllt war. Shana deutete mit einer Geste an, wo sie hinwollte, während Phoebe sich die Tonwaren ansah. In der Galerie herrschte reges Treiben mit leisen Gesprächen und sanfter Musik im Hintergrund. Sie fand ein Paar Tassen, von denen sie dachte, dass sie Roxanne gefallen würden, als sie glaubte, jemanden ihren Namen sagen zu hören. Doch als sie sich umsah, konnte sie niemanden entdecken, der in ihre Richtung schaute. Sie steuerte in die Richtung, in der sie Shana zuletzt gesehen hatte, aber sie konnte sie nicht finden. Ein ungutes Gefühl machte sich in ihr breit. Die nächsten paar Minuten verbrachte sie damit, die Galerie abzugehen. Aber Shana war nirgends zu finden. Schließlich fragte sie eine Verkäuferin, ob sie Shana gesehen hätte, und gab eine kurze Beschreibung von ihr ab.

Die Frau warf ihr einen verwunderten Blick zu und nickte langsam. „Ja, es war eine Frau hier, die so ausgesehen hat. Aber die ist mit einem Mann weggegangen. Ich hatte gedacht, die beiden wären zusammen. Sie hatte sich bei ihm untergehakt. Ist denn irgendwas passiert?", fragte sie und ihre Augen weiteten sich.

Phoebe bekam es mit der Angst zu tun und ihr wurde ganz mulmig zumute. „Sind Sie sicher, dass sie gegangen ist?"

„Ich bin mir nur sicher, dass eine Frau weggegangen ist, die so ausgesehen hat wie die, die Sie beschrieben haben. Wenn sie das ist, ja, dann ist sie gegangen."

„O Gott! Haben Sie den Mann bei ihr erkannt?"

Nun weiteten sich die Augen der Frau vor Angst. Schnell schüttelte sie den Kopf. „Tut mir leid. Ich habe doch nicht gewusst, dass sie nicht zu ihm gehört hat. Ich rufe sofort die Polizei." Damit trat sie an den Tresen und tätigte den Anruf.

Phoebe kramte in ihrer Handtasche und tippte umgehend Shanas Nummer ein. Zu ihrer Erleichterung ging Shana ran. „Ich bin's", flüsterte sie.

„Wo bist du?", fragte Phoebe und wich einigen Kunden am Tresen aus.

„Auf der anderen Straßenseite in einem kleinen Café. Einer der Männer, die ich gestern im Wald gesehen habe, ist auf mich zugekommen und hat mich gefragt, ob wir reden könnten. Ich habe ihm erklärt, mich nur in der Öffentlichkeit zu treffen. Mach dich nicht verrückt, ich sitze hier mitten im Café. Er ist gerade zum Tresen gegangen, um etwas zu bestellen. Und ich wollte dich gerade anrufen."

Phoebes Herzschlag verlangsamte sich zwar nicht, aber sie kam zumindest wieder zu Atem. Sie war stinksauer auf Shana. Jedes Mal, wenn sie gedacht hatte, Shanas Leichtsinn ewürde abflauen, zog sie sowas ab. Phoebe blickte auf, reckte in Richtung der Verkäuferin den Daumen nach oben und deutete auf ihr Handy. „Ich komme jetzt rüber. Leg nicht auf. Ich möchte, dass du in der Leitung bleibst, bis ich da bin."

Sie schritt zügig zu der Verkäuferin rüber und hielt

das Telefon zur Seite. „Ich telefoniere gerade mit meiner Freundin. Kein Grund, die Polizei zu rufen, aber danke für Ihre Hilfe." Als die Frau nickte und lächelte, drehte sich Phoebe um und lief nach draußen, wobei sie Shana alle paar Sekunden fragte, ob sie noch da sei. Als sie das kleine Café auf der anderen Straßenseite sah, spurtete sie hinüber und trat ein.

Shana saß allein an einem kleinen Tischchen. Sie winkte, als sie Phoebe sah. Die Verbindung zu Phoebe wurde unterbrochen, als Shana ihr Handy in ihre Tasche steckte. Sofort schlüpfte Phoebe auf den Stuhl neben Shana.

„Wo ist der Typ, dem du hierher gefolgt bist?", fragte Phoebe.

Shana zuckte mit den Schultern. „Nachdem er mich gefragt hat, ob ich reden möchte, hat er bloß gemeint, wir sollten vorsichtig sein. Nachdem er sich einen Kaffee geholt hat, ist er gegangen. Ich war gerade dabei, dich anzurufen, als du mich angerufen hast. Ich wusste, dass du gleich ausflippen würdest. Abgesehen davon, dass er mich genervt hat, als er mich am Arm gepackt hat, habe ich mich inmitten all der Leute in Sicherheit gewähnt."

Phoebe zwang sich, langsam zu atmen. „Hast du schon vergessen, dass Chloe mitten in der Innenstadt von Catamount entführt worden ist?"

Shana zuckte nicht zurück, obwohl Phoebe erkannte, dass ihr Tonfall scharf gewesen war. „Nein, das habe ich nicht vergessen. Es war zwar mitten in Catamount, aber es war später Nachmittag, als nicht mehr viele Leute unterwegs waren. Wir waren da drüben in einer Menschenmenge. Ich kann ja verstehen, dass du sauer bist, aber ich habe gedacht, ich könnte vielleicht rausfinden, was er zu sagen hat. Leider nicht viel."

Phoebe atmete noch einmal durch und endlich verlangsamte sich ihr Puls. Die Angst, die sich in ihrem Bauch festgesetzt hatte, löste sich. Sie sparte sich weitere Worte. Ein Teil von ihr wollte Shana eine Standpauke halten, aber sie war nicht umsonst Shanas beste Freundin. Sie kannte Shana gut genug, um zu wissen, dass eine Belehrung nur dazu führen würde, dass Shana auf Durchzug schalten würde. Im Augenblick war Shana in Sicherheit und das war alles, was zählte.

„Hat er zufällig seinen Namen erwähnt?"

Shana schüttelte den Kopf. „Seltsam. Ich vermute, er wollte sichergehen, dass es uns gut geht. Oder er wollte etwas anderes sagen und hat es sich dann anders überlegt." Sie hielt inne und schaute sich um. „Möchtest du eigentlich etwas essen, wenn wir schon mal hier sind?"

Phoebe holte noch einmal tief Luft. Zuerst wollte sie ablehnen, aber sie war am Verhungern. „Warum nicht? Aber ich rufe Jake an."

Shana nickte schnell. „Ich bin ja nicht bescheuert. Ich habe Dane bereits eine SMS geschickt. Er möchte, dass wir uns mit ihnen im Hotel treffen."

Ein Berglöwe sauste durch die Ausläufer des Gebirges hinter Haydens Büro. Jake hielt inne, als sie über den Parkplatz liefen. Der Löwe in ihm bewegte sich unter seiner Hautoberfläche. Er wandte sich an Dane, der neben ihm herlief. „Siehst du den?"

Dane nickte heftig. „Ich würde ihm ja gerne folgen, aber ich fürchte, wir müssen uns mit Hayden unterhalten."

Jake setzte seinen Weg fort und steuerte zügig auf

das Gebäude zu. Hayden rief ihnen zu, dass sie reinkommen sollten, sobald sie das Gebäude betreten hatten. Mittlerweile hatten sich die Männer besser kennengelernt und waren zum Du übergegangen.

Jake hielt sich nicht mit der Begrüßung auf. „War das da ein Shifter hinter dem Gebäude?"

Hayden blickte von seinem Computer auf. „Was?", fragte er schroff.

„Wir haben gerade gesehen, wie ein Berglöwe hinter dem Gebäude in den Wald gerannt ist", antwortete Dane.

Hayden stand auf und trat an das Fenster, das auf den Wald hinter seinem Büro hinausging. „Sind das da Spuren?" Er deutete auf die frischen Spuren, die in den Wald führten. Der Berglöwe war schon lange außer Sichtweite.

„Genau da ist er hin. Wie groß ist die Wahrscheinlichkeit, dass es eine Wildkatze war und kein Shifter?", fragte Jake.

Hayden schüttelte den Kopf und wandte sich wieder ihnen zu. „Nicht besonders groß. Obwohl es hier draußen viele wilde Berglöwen gibt, halten sie sich von der Stadt fern. Ich kann das nie mit Sicherheit sagen, wenn ich sie nicht selbst sehe, aber Löwen, die man in der Nähe von bewohnten Gebieten sieht, sind höchstwahrscheinlich Shifter. Die meisten Einheimischen erkenne ich, schließlich bin ich ja selbst einer von ihnen." Dann steuerte er die Kaffeemaschine in der Ecke an. „Kaffee?"

Hayden schenkte schnell drei Tassen ein, als Jake und Dane übereinstimmend nickten, und bedeutete ihnen dann, sich an den Tisch zu setzen. Jake musste den Drang bekämpfen, sich zu wandeln und abzuhauen. Der Löwe in ihm wollte dem Berglöwen folgen, den er gerade gesehen hatte. Er musste diesen Impuls jedoch im Zaum halten. Er hatte es langsam satt, sich ständig Sorgen zu machen. Nach Shanas gestriger kurzer Begegnung, bei der sie gewarnt worden war, dass sie vorsichtig sein sollten, war der einzige Grund, warum er Phoebe noch nicht in ein Flugzeug verfrachtet hatte, dass sie sich schlichtweg geweigert hatte. Außerdem hatte Shana den Mann beschrieben, der sie gewarnt hatte. Hayden vermutete, dass es sich um einen Einheimischen gehandelt hatte, der mit den Schmugglern in Verbindung stand, aber nach allem, was Hayden wusste, war er selbst noch nicht in die Sache verwickelt.

Als sie sich gerade hingesetzt hatten, um die Erkenntnisse auszuwerten, die Hayden in den Jahren seiner Ermittlungen gesammelt hatte, flog die Tür zu Haydens Büro auf. Hayden schien den Mann zu erkennen und erhob sich unvermittelt. Der Mann wandelte sich und sprang auf Hayden zu. Blitzschnell wandelten sich auch Jake, Dane und Hayden. Mit einem Knurren stürzte sich der unbekannte Shifter auf Hayden. Im nächsten Augenblick kippte Jake Haydens Tisch um, sprang über ihn hinweg und landete auf dem Rücken des unbekannten Shifters, der dadurch zu Boden stürzte. Sie trieben ihn in die Enge, bevor er unter Dane hindurchrutschte und durch das Fenster sprang, woraufhin das Glas zersprang. In schneller Folge rasten sie ihm durch das Fenster hinterher und stürmten in den Wald hinter dem Büro.

Jake hatte seinen Löwen so streng unter Kontrolle gehalten, dass ihn der Rausch, loszulassen, übermannte. Er jagte vor Dane und Hayden her, und die unbändige Kraft pochte in ihm, als er dem Shifter hinterherjagte. Sie schlängelten sich zwischen den Bäumen hindurch, als sie tiefer in den Wald eindrangen und sich ihren Weg in die Ausläufer des

Gebirges bahnten. Hayden blieb dicht neben ihnen und warf den Kopf zur Seite. Als Jake ihn nicht beachtete und dem anderen Löwen weiter folgte, knurrte Hayden und stieß mit der Schulter gegen Jake. Widerwillig wurde Jake langsamer und beäugte Hayden. In Löwengestalt war Hayden etwa so groß wie er und Dane, allerdings war er schwerer gebaut. Als Hayden seinen Blick erwiderte, warf er seinen Kopf wieder zur Seite und begann, sich in diese Richtung zu bewegen, um sie von der Spur des anderen Löwen abzulenken.

Jake spähte durch die Bäume nach vorne, der andere Löwe war immer noch in Sichtweite. Er rappelte sich auf und sprang wieder von Hayden weg, doch Dane raste an ihm vorbei und blieb unvermittelt vor ihm stehen und brüllte ihn an. Um sie herum wirbelte der Schnee auf. Hayden machte kehrt und hielt neben Dane inne. Beide starrten Jake an. Wut wallte durch Jakes Adern, aber er zwang sich, einen klaren Kopf zu behalten. Hayden hatte eindeutig einen Grund, sie in eine andere Richtung zu drängen. So sehr Jake auch hinter dem anderen Löwen hergerannt wäre, er kannte sich in diesen Wäldern nicht aus und wusste nicht, on der andere Löwe sie möglicherweise in eine Falle führen würde. Leise knurrend scharrte er mit den Pfoten auf dem Boden, hielt aber still. Hayden wedelte mit dem Schwanz, als er sich nach vorne drehte und langsam davontrabte. Dane wartete, bis Jake begann, Hayden zu folgen.

Das Gelände wurde steiler und felsiger. Wenig später erklommen sie eine kleine Anhöhe. Dort hielt Hayden inne. Von ihrem Aussichtspunkt aus war ein kleines Tal zu sehen. Auf der gegenüberliegenden Seite des Tals befand sich eine Ansammlung von Häusern. Auf einer offenen Fläche tummelten sich Menschen und ein paar Berglöwen. Von ihrem Aussichtspunkt aus konnten sie sich hinter einigen Felsbrocken verstecken. Sobald sie abgeschirmt waren, wandelte sich Hayden zurück in seine menschliche Gestalt. Jake und Dane taten es ihm gleich. Obwohl es eiskalt war und sie nackt waren, da sie ihre Kleidung auf dem Boden von Haydens Büro abgelegt hatten, konnte die Kälte ihnen nichts anhaben. Die Wandlung hatte so viel Wärme erzeugt, dass es noch eine ganze Weile dauern würde, bis sie die Kälte spüren würden.

Hayden sah Jake ernst an. „Ich wollte verhindern, dass ihr dort landet", erklärte er und deutete auf das Tal. „Ich bezweifle ja nicht, dass ihr euch in einem Kampf behaupten könnt, aber es ist gut möglich, dass jeder, den ihr dort seht, ein Shifter ist. Der Shifter, der in meinem Büro aufgetaucht ist, ist Paul Malones Bruder, Neal Malone. Wie ich schon gesagt habe, ist Paul euer Freund aus dem Krankenhaus. Er steckt zusammen mit seinem Bruder tief in der Schmugglerbande drin. Es hat keinen Sinn, dass wir sie in ihrem Gebiet bekämpfen. Callens Tod hat einiges durcheinandergewirbelt. Ich vermute, sie haben Angst, aufzufliegen und wollen Schadensbegrenzung betreiben. Wir müssen uns auf diejenigen beschränken, die wir von der Menge fernhalten können. Ich habe Paul nicht mehr gesehen, seit er vor ein paar Wochen abgehauen ist. Abgesehen davon, dass Shana ihn neulich gesehen hat, als sie und Phoebe auf Erkundungstour waren, hat er sich bedeckt gehalten. Ich würde ihn am liebsten aus dem Verkehr ziehen und sehen, was wir aus ihm herausholen können. Aber jetzt lasst uns erst mal von hier verschwinden. Als ich gesehen habe, wohin Neal uns geführt hat, war mir sofort klar, dass er uns dort in eine Falle locken wollte."

Jake musste sich mit aller Kraft dagegen wehren, wieder abzuhauen. Er warf einen Blick auf Dane und sah, dass sich auch in seinen Augen die Enttäuschung widerspiegelte. Dann blickte er wieder zu Hayden. „Irgendeine Idee, wo wir Paul finden können?"

„Ich habe ein paar Ideen. Lasst uns losfahren und ein andermal wiederkommen."

Hayden wartete nicht auf eine Antwort und setzte sich wieder in Bewegung. Jake und Dane folgten ihm und liefen den Weg zurück, dieses Mal in einem langsameren Tempo.

KAPITEL ZWÖLF

Phoebe saß auf der Couch in ihrer Hotelsuite und schaltete gedankenlos durch die Kanäle. Sie und Shana warteten auf Jake und Dane. Er hatte ihnen eine SMS geschickt, dass sie bald zurück sein würden. Da öffnete sich die Tür zu ihrer Suite und Jake kam herein, mit Dane im Schlepptau. Seine blauen Augen blieben an ihren hängen, sobald er den Raum betrat. Er strahlte eine ungeheure Energie aus. Ihre Kleidung war an einigen Stellen zerrissen. Jake nickte Shana flüchtig zu.

„Was dagegen, wenn wir uns ein paar Minuten Zeit nehmen?", fragte Jake und ließ seinen Blick von Phoebe zu Shana und Dane hin und her springen. Danes Mundwinkel zuckten, als er nickte. Shana zog nur die Schultern hoch. Jake ergriff Phoebes Hand, als er auf sie zuging, und zog sie schnell nach oben. Sobald sich die Tür zu ihrem Zimmer geschlossen hatte, zog er sie an sich, küsste sie leidenschaftlich und zerrte an ihrer Kleidung.

Phoebe zog sich jedoch zurück und drückte ihre Hand auf seine Brust, um ihn zur Ruhe zu bringen.

Sein Herz pochte gegen ihre Handfläche. Sein Blick hielt den ihren fest und verbrannte sie förmlich. „Was ist passiert?" Sie ließ ihre Hand über seine Brust gleiten und fuhr über seine Schulter und seinen Arm hinunter. Über einem Riss in seinem Ärmel hielt sie inne und zog eine Braue hoch.

Er schloss die Augen, sein Atem ging schwer. „Wir mussten uns wandeln, als ein Typ in Haydens Büro aufgetaucht ist und sich gleich dort gewandelt hat. Es ist aber nichts passiert, du musst dir also keine Sorgen machen."

„Jake ..."

Ihre Worte wurden von seinem Kuss verschluckt. Dann hob er sie in seine Arme und legte den Weg zum Bad in zwei langen Schritten zurück. Er schob sich durch die Tür und verschlang ihren Mund mit einem weiteren stürmischen Kuss. Sie stürzte sich in den brodelnden Hitzesturm, der sich zwischen ihnen aufgebaut hatte. Ohne die Verbindung zu ihren Lippen zu unterbrechen, schob Jake sie auf den schmalen Waschtisch und griff mit einer Hand in die Dusche, um sie einzuschalten. In Sekundenschnelle erfüllte Dampf den Raum. Klamotten wurden vom Leib gerissen und auf dem Boden abgelegt. Anschließend schaltete er das sanfte Licht über der Dusche an.

Sie schlang ihre Beine um seine Taille und genoss das Gefühl seines harten, muskulösen Körpers unter ihren Händen. Er berührte sie überall gleichzeitig und sie konnte davon einfach nicht genug bekommen. Daraufhin hob er sie hoch an seinen Körper, sodass ihre Körpermitte auf seinem Schaft ruhte, der heiß und hart gegen ihre weichen, geschmeidigen Scham-lippen stieß. Dampf umhüllte sie, als er in die Dusche trat. Heißes Wasser regnete auf sie herab, während er langsam seinen Griff lockerte und sie seinen Körper hinunterglitt. Ohne Unterlass rutschte sie weiter nach unten, ihre Hände strichen über seine Brust, über seine steinharten Bauchmuskeln und über seine Oberschenkel. Er atmete zischend durch die Zähne, als sie ihre Hand um seinen Schwanz schloss.

Sie blickte durch den Dampf nach oben und entdeckte seine Augen, seinen dunkelblauen Blick, der auf sie gerichtet war. Begierde umfing sie. Sie hielt seinen Blick fest, beugte sich vor und strich mit ihrer Zunge langsam an seinem Schwanz auf und ab. Er stöhnte auf und sein Kopf sank nach hinten. Dann nahm sie ihn in den Mund, bis zum Anschlag, und zog sich langsam zurück. Sie fand einen gleichmäßigen Rhythmus und das Verlangen kochte in ihr hoch, während sie mit ihm spielte und ihn reizte. Nach einem tiefen Stoß knurrte Jake ihren Namen und bewegte sich blitzschnell, zog sie hoch und drehte sie mit dem Gesicht zur Duschwand.

Die Kacheln waren kühl unter ihren Händen. Seine starke Hand streichelte ihren Rücken hinunter und glitt durch das Wasser. Er stieß in sie hinein, hielt aber still, als sich die Spannung in ihr zusammenzog. Seine Lippen landeten auf ihrer Wirbelsäule und wanderten in einer schwindelerregenden Reihe von Küssen nach oben. Als er ihren Hals erreichte, biss er sanft zu, bevor er in sie eindrang. Sie keuchte, als er sie ausfüllte. Ohne seine Hände, die ihre Hüften hielten, wäre sie beinahe umgekippt. Umhüllt von dem Gefühl, das sie erfasst hatte, widmete sie sich ganz dem langsamen Ziehen und Gleiten seines Schafts in ihrem Kanal. In ihr breitete sich eine kribbelnde Hitze aus, bis sie ganz eng umschlungen war. Ein weiterer Kniff in ihren Nacken und sie erschauderte und wurde von einer Welle nach der anderen von ihrem Höhepunkt überrollt. Er knurrte noch einmal ihren Namen und wölbte sich dann zurück, während er selbst in ihr kam.

Phoebe spürte das heiße Wasser auf ihrer Haut und ließ ihre Handflächen langsam über die Kacheln gleiten. Als Jake sich von ihr löste, blieb seine Hand auf ihrer Hüfte liegen, auch als sie sich zu ihm umdrehte. Sein goldbraunes Haar stand in nassen Spitzen ab, seine Wimpern funkelten. Er begegnete ihrem Blick und ein verruchtes Lächeln umspielte seine Mundwinkel. Ohne ein Wort zog er seine Hand weg, griff nach der Seife und seifte erst sie und dann sich selbst ein. Er zog sie an sich, um die Seife abzuspülen, und das dampfende Wasser schwappte über sie hinweg, während er sie in seinen Armen hielt.

Wenige Augenblicke später packte er sie in ein Handtuch und betrachtete sie, während sie sich mit einem anderen Handtuch zügig die Haare rubbelte. Als sie aufblickte, lehnte er mit verschränkten Armen und einem belustigten Gesichtsausdruck am Türrahmen.

„Das waren aber mehr als ein paar Minuten", stellte sie in Anspielung auf seine Bemerkung gegenüber Dane und Shana fest.

Jake zuckte mit den Schultern. „Ist mir doch egal."

Sie legte das Handtuch ab und fuhr sich mit den Fingern durch ihre feuchten Locken. Anschließend lief sie an ihm vorbei ins Schlafzimmer und sammelte dabei die verstreuten Kleidungsstücke ein. Als sie sein zerrissenes Hemd hochhielt, drehte sie sich wieder zu ihm um.

„Was ist heute Nachmittag passiert?"

„Wie ich schon gesagt habe, ist ein Typ in Haydens Büro aufgetaucht und hat sich gewandelt. Er ist auf Hayden losgegangen und als wir uns gewandelt und zur Wehr gesetzt haben, ist er in den Wald geflüchtet. Wir sind ihm gefolgt, aber Hayden hat mich zurückgehalten. Der Typ war auf direktem Weg zu einem Camp voller Shifter. Hayden meint, der Typ, der in sein Büro gekommen ist, ist Paul Malones Bruder."

„Der Typ aus dem Krankenhaus in Catamount?"

Jake nickte. „Hayden zufolge stecken die beiden tief in der Schmugglerbande drin. Er wollte verhindern, dass wir in die Falle gehen." Jake hielt inne und schüttelte den Kopf. „Es war nicht leicht, aber ich habe mich zurückgehalten. Ich bin vielleicht sauer, aber ich bin nicht bescheuert. Hayden findet, wir sollten einen der Anführer hier aufspüren und sehen, was wir für Informationen bekommen können. Es sind zu viele Shifter hier, als dass es für uns sicher wäre, sie direkt anzugreifen."

Phoebe kämpfte gegen die Angst an, die in ihr aufstieg, als sie befürchtete, dass Jake und Dane von zu vielen Shiftern in die Enge getrieben werden könnten. Schlagartig setzte sie sich auf das Bett und zog das Handtuch fester um sich. „Vielleicht sollten wir nach Hause fahren. Mir war nicht klar, wie groß dieses Ding ist, bis wir hierher gekommen sind. Ich möchte nicht, dass du oder Dane verletzt werden. Ich kann nicht ...." Sie hielt inne, um sich zu sammeln und kämpfte gegen die Tränen an.

Da ergriff Jake ihre Hände und kniete sich vor sie. „Uns passiert schon nichts. Hast du den Teil verpasst, an dem ich mich zurückgehalten habe?"

Sie schüttelte den Kopf und schnappte erneut nach Luft. Bevor sie ihre Gefühle für Jake in vollem Umfang zugelassen hatte, war es schon schrecklich gewesen, sich um seine Sicherheit zu sorgen. Jetzt hingegen konnte sie den Gedanken kaum ertragen, dass ihm etwas zustoßen könnte. Er hatte ihren Schutzwall durchbrochen und sich in ihrem Herzen eingenistet.

Obwohl sie jahrelang nicht gewusst hatte, wie sie mit ihren Gefühlen für ihn umgehen sollte, übertraf die Wirklichkeit, mit ihm zusammen zu sein und sich Hoffnungen zu machen, alles, was sie sich hätte vorstellen können. Er war nicht mehr nur einer ihrer besten Freunde, sondern hielt buchstäblich ihr Herz und ihren Körper in seinen Händen. Ihr Körper erwachte von selbst zum Leben, wenn er in ihrer Nähe war. Neue Hoffnung war aufgekeimt und hatte Licht in die dunklen Ecken ihres Herzens gebracht, wo sie ihre Gefühle für ihn begraben hatte. Sie war plötzlich stinksauer auf Callen, weil er Catamount und seine Shifter verraten hatte.

Da strich Jakes Daumen über ihren Handrücken. Er sagte sanft ihren Namen. Sie begegnete seinem Blick.

„Es wird alles gut. Dane und ich haben uns auf dem Rückweg unterhalten. Wir haben uns überlegt, dass wir ohnehin in ein paar Tagen nach Catamount zurückkehren sollten. Vielleicht sollten du und Shana schon früher zurückfahren?“

Phoebe schüttelte den Kopf, als er sie ansah. „Ich will nicht vor dir aufbrechen.“

Er nickte. „In Ordnung. Lass uns jetzt etwas essen gehen.“

Als er aufstehen wollte, umklammerte sie seine Hände fester. „Versprich mir, dass du mich über alles auf dem Laufenden hältst, egal, was passiert.“

Er hielt ihren Blick fest. „Versprochen.“

KAPITEL DREIZEHN

Jake schlich leise durch die Bäume. Er und Dane folgten Hayden in die Ausläufer der Gallatinkette, eine der sechs Gebirgsketten, die Bozeman umgaben. Sobald sie außer Sichtweite waren, hatten sie sich gewandelt. Hayden hatte ihnen mehrere Verstecke mit Klamotten und Vorräten gezeigt, die in den Wäldern verborgen waren. Obwohl es hier draußen viele Berglöwen gab, schützten sich die Shifter, indem sie darauf vorbereitet waren, bei Bedarf in ihre menschliche Gestalt zu wechseln. Hayden und Jake hatten gestern Abend und heute Morgen im Internet recherchiert und herausgefunden, dass hier draußen jemand ein verlassenes Jagdlager benutzte, das noch nicht dafür bekannt war, von den Schmugglern besucht zu werden. Hayden hatte den Verdacht, dass sich Paul Malone hier versteckt hielt. Mit Haydens Hilfe konnte Jake viele der Kontakte aufspüren, die er gefunden hatte, aber die Jake nicht namentlich bekannt waren. Paul war einer von ihnen. Jakes frühere Ermittlungen hatten viele E-Mails zwischen Paul und anderen ergeben, aber die Spur war seit Chloes Entführung erkaltet.

Sie hofften, dass sie sich an Paul heranschleichen und ihn überwältigen konnten. Voraussetzung dafür war natürlich, dass ihre Vermutung zutraf, dass er derjenige war, der hier draußen eine Internetverbindung per Satellit nutzte. Hayden ging voran und schlängelte sich verstohlen zwischen den Bäumen hindurch. Dane tat es ihm gleich. Er und Dane hatten schon so viele Stunden in Löwengestalt miteinander verbracht, dass er Danes Bewegungen voraussehen konnte. Sie kämpften gut im Doppelpack, da sie als Jungen und Berglöwen mit Ringkämpfen aufgewachsen waren. Obwohl er zu Hayden in der kurzen Zeit, in der er ihn kannte, Vertrauen gefasst hatte, hoffte Jake, dass er auf ihn zählen konnte, falls sie kämpfen mussten. Wahrscheinlich hatte Hayden mehr Zeit damit verbracht, in Löwengestalt umherzuziehen als er und Dane. Im Osten mussten sie zusätzlich noch mit der Tatsache zurechtkommen, dass Berglöwen im Osten als ausgestorben galten und sich daher besonders bedeckt halten.

Jake wedelte mit dem Schwanz und streckte sich, während die kalte Luft sein Fell zerzauste. Der Schnee wurde tiefer, als sie in die Ausläufer des Gebirges aufstiegen. Der eisige Wind wehte in Böen, fing den Schnee ein und wirbelte ihn um sie herum. Hayden hielt inne und warf einen Blick über seine Schulter. Jake und Dane kamen ihm entgegen und stellten sich rechts und links von ihm auf. Hayden neigte seinen Kopf zur Seite. In der Ferne öffneten sich die Bäume ein wenig und eine kleine Hütte schmiegte sich an die Lichtung. Rauch quoll aus dem Ofenrohr an der Ecke der Hütte. Es war mitten am Nachmittag und nur noch wenige Stunden Tageslicht übrig.

Auf Haydens Nicken hin bewegten sie sich durch die Bäume und bogen hinter der Hütte ab. Sie hatten sich darauf geeinigt, dass Hayden seine menschliche Gestalt annehmen und sich der Hütte nähern würde. Anders als Jake und Dane konnte er sich einen glaubhaften Grund ausdenken, warum er dort draußen war. Durch seine Arbeit beim Fish and Wildlife Service hatte er viele Gründe, die Gegend zu durchstreifen. Jake und Dane würden draußen warten und sich bereithalten, bei Bedarf anzugreifen. Als sie nahe genug, aber außer Sichtweite hinter einigen Felsen waren, wandelte sich Hayden und hob anschließend einen Stein neben einem der Felsen an, um eine Tasche mit Kleidung herauszuziehen. Nachdem er sich angezogen hatte, machte er sich auf den Weg zur Tür der Hütte und klopfte erst, als Jake und Dane sich an den gegenüberliegenden Wänden der Hütte postiert hatten.

Obwohl Jake ihn nicht sehen konnte, erkannte er Pauls Stimme von dem Tag, an dem er ins Krankenhaus gekommen war. Paul grüßte Hayden und dann wurde es ganz ruhig. Plötzlich ertönte ein Brüllen, das eindeutig von einem Berglöwen stammte. Jake hechtete um die Ecke und fand Hayden geduckt und mit dem Schwanz wedelnd vor. Dane kam genau zum gleichen Zeitpunkt wie Jake heraus. Paul hatte sich gewandelt. Er blickte zwischen ihnen hin und her, seine goldenen Augen huschten von einem zum anderen. Als würde er seine Aussichten in einem Kampf abschätzen, knurrte er und rannte davon. Jake verfolgte ihn mit Dane und Hayden im Schlepptau. Paul flitzte durch das Dickicht, wich aus und schlug Haken. Hayden setzte sich an die Spitze und stürzte sich auf Paul, sodass dieser gezwungen war, auszuweichen und sein Tempo zu verringern. Er reihte sich vor Jake ein.

Jake wurde von einer unbändigen Wut durchströmt. Seine Muskeln spannten sich unter ihm an, als er zum Sprung ansetzte. Er flog durch die Luft und landete auf Pauls Rücken, versenkte seine Krallen in ihm und warf ihn zu Boden. Schnee wirbelte um sie herum auf. Jake gab nicht klein bei und hielt Paul mit seinen Vorderpfoten fest. Als Paul versuchen wollte, zuzubeißen, brüllte Jake und versenkte seine Zähne in Pauls Hals. Der eiserne Geschmack von Blut drang in seinen Mund. Er hielt ihn fest, bis Paul erschlaffte. Hayden und Dane standen auf beiden Seiten von ihnen. Ihr schneller Atem hinterließ Nebelwölkchen in der Luft. Paul war am Leben, aber so verletzt, dass er bewegungslos dalag.

———

Viele Stunden später stand Jake im Hotelzimmer und Phoebe funkelte ihn an.

„Warum hast du nicht sofort angerufen, als ihr auf der Polizeiwache wart?"

Jake atmete langsam ein. Er war müde und erschöpft nach einem langen Nachmittag, der in einen noch längeren Abend übergegangen war. Nachdem sie es zurück zu Haydens Büro geschafft hatten, hatten Pauls Verletzungen einen Besuch im Krankenhaus gerechtfertigt. Jake hielt es geradezu für eine Ironie des Schicksals, dass der Mann, der in Catamount Zeit und Raum im Krankenhaus vergeudet hatte, jetzt tatsächlich medizinische Hilfe brauchte. Hayden hatte darauf bestanden, dass sie ihm das Reden überließen, da er wusste, mit wem man am besten reden konnte. Auch wenn es Jake und Dane unangenehm war, wussten sie, dass das die klügere Entscheidung war. Nachdem Paul behandelt und entlassen worden war, trafen sie sich auf dem örtlichen Polizeirevier mit einem Detective, der mit den illegalen Aktivitäten der örtlichen Shifter vertraut war.

Das Gute daran war, dass Paul anfing, auszupacken. Die Kehrseite der Medaille war, dass er redete, weil er Angst hatte. Jake war überrascht, als er erfuhr, dass Paul geglaubt hatte, Callen sei der Anführer des Schmugglernetzwerks gewesen. Deshalb war er nach Callens Tod und dem gescheiterten Entführungsversuch von Chloe nach Catamount gefahren. Paul gab zu, dass er nicht herausfinden hatte können, ob noch andere Personen in Catamount beteiligt waren, die über die unteren Ebenen des Netzwerks hinausgingen. Er war verdammt angespannt, weil er in den Monaten vor und nach Callens Tod dreimal von anderen Shiftern in den Wäldern angegriffen worden war. Paul war sich bewusst, dass er in der Gegend nicht mehr sicher war, weshalb er sich auch versteckt hatte. Das Problem war nur, dass er keine Ahnung hatte, wer es auf ihn abgesehen hatte.

Als sie mit der Befragung von Paul fertig waren und ihn dem örtlichen Detective übergeben hatten, um ihn wegen seiner Schmuggelgeschäfte in Gewahrsam zu nehmen, war es kurz vor Mitternacht. Mitten in all dem hatte Jake Phoebe nur einmal angerufen, als sie wieder in der Stadt waren. Und darüber war sie alles andere als erfreut.

Sie stand vor ihm, ihre dunklen Augen funkelten und ihre Locken fielen ihr über die Schultern. Ihr Blick glitt über ihn hinweg. Sie streckte die Hand aus und berührte einen Riss in seinem Hemd. Er brauchte dringend eine Dusche. Obwohl er die Begegnung mit Paul vergleichsweise glimpflich überstanden hatte, wies er einige tiefe Schrammen an den Stellen auf, an denen Paul ihn angegriffen hatte, sowie getrocknetes Blut an Armen und Oberkörper und ein paar blaue Flecken.

„Phoebe, ich habe dir doch eine Nachricht hinterlassen ...“

Sie streckte eine Hand hoch. „Um mir mitzuteilen, dass du gut zurückgekommen bist. Sonst nichts! Wir haben uns stundenlang gefragt, wann wir wieder etwas hören würden. Erst gestern habe ich dich gebeten, mich immer auf dem Laufenden zu halten, und jetzt kommst du mir damit!“

Sie wirbelte davon, ihre Locken flogen durch die Luft. Das Hotelzimmer ließ nicht viel Platz, also lief sie nur ein paar Schritte von ihm weg. Am Fenster blieb sie stehen und schaute hinaus. Ihr Hotel lag an den Ausläufern einer der Bergketten. Der Halbmond ging gerade über den Bergen auf und der Schnee schimmerte silbrig. Sterne funkelten in der kalten, dunklen Nacht. Phoebe schlang ihre Arme fest um ihre Taille und seufzte.

Da trat Jake hinter sie und legte seine Handflächen vorsichtig auf ihre Schultern. Als sie sich nicht wehrte, ließ er sie über ihre Arme gleiten und stellte fest, dass sie zitterte. Also trat er einen Schritt näher und schlang seine Arme um sie. Ihr Rücken drückte gegen seine Brust, und ihr üppiger Po schmiegte sich an ihn. Er konnte sich der Lust nicht erwehren, die ihn durchströmte. Seit er aufgehört hatte, gegen seine Gefühle für sie anzukämpfen, hatte er jegliche Kontrolle über sein Verlangen verloren. Sie musste lediglich anwesend sein, und er war verloren. Ohne auf seinen aufkeimenden Ständer zu achten, drückte er sie an sich und schmiegte seinen Kopf an die weiche Kurve ihres Halses, genau an die Stelle, sodass sie sich reckte und jedes Mal fast schnurrte, wenn er sie dort küsste. Er hielt sich zurück, als sich ihr Körper vor Spannung anspannte.

„Du bist kalt“, murmelte er an ihrem Hals.

Sie nickte.

„Tut mir leid, dass ich nicht nochmal angerufen habe.“

Wieder ein Nicken.

„Ich spare mir die Ausreden. Nächstes Mal verspreche ich, dass ich noch mal anrufe, falls ich dich nicht erreiche.“

Wieder nickte sie, aber diesmal spürte er, wie sich die Anspannung in ihren Schultern etwas lockerte. Er wagte es, ihr einen Kuss auf den Hals zu geben. „Lass uns morgen nach Hause fahren.“

Sie warf einen Blick über ihre Schulter und schielte in seine Richtung. „Bist du sicher? Möchtet ihr euch nicht noch ein paar Dinge ansehen?“

Jake hob seinen Kopf, hielt sie immer noch fest und blickte über die Berge. „Da gibt es noch eine Menge zu erzählen. Man kann sagen, dass wir noch einiges zu tun haben, aber es hat keinen Sinn, hierzubleiben. Hayden behält hier alles im Auge. Nachdem wir mit Paul gesprochen haben, ist uns klar geworden, dass wir zurück nach Catamount fahren und versuchen müssen, dort weiterzumachen.“

Phoebe drehte sich in seinen Armen, sodass sie ihm gegenüberstand. „Erzähl mir alles.“ Dann hielt sie inne und ließ ihren Blick über sein Gesicht gleiten. „Nachdem du geduscht hast.“ Ein Grinsen breitete sich auf ihrem Gesicht aus, als sie ihre Handfläche auf seine Brust legte und ihn entschlossen von sich schob. Er wollte sich auf keinen Fall von ihr trennen, aber als er sie wieder zu sich ziehen wollte, wich sie ihm aus und lief um ihn herum ins Bad. Das Wasser begann zu laufen, und sie rief seinen Namen. Als sie ihm aber die Kleider vom Leib riss, tat sie das nicht aus den Gründen, die er sich erhofft hatte. Sie musterte ihn sorgfältig und verteilte Küsse auf seinen Kratzern, bevor sie ihn in die Dusche schubste.

Nach einer langen Dusche *ganz alleine* kam er heraus und stellte fest, dass Phoebe das Schlafzimmer verlassen hatte. Sie war mit Dane und Shana im Wohnbereich der Suite und hatte eine Pizza auf dem Tisch stehen. Jake überkam der Heißhunger und er nahm bereitwillig Platz und verschlang so viel Pizza, wie er konnte. Als er sich in seinem Stuhl zurücklehnte, reichte Phoebe ihm ein Bier und legte ihre Beine über seine. Dann berichteten er und Dane ihnen von den Ereignissen des Nachmittags. Während sie mit Paul beschäftigt gewesen waren, waren Phoebe und Shana in der Stadt geblieben und hatten ihre eigenen Nachforschungen angestellt, bei denen sie herausfanden, dass einer der bekannten Shifter in der Gegend zufällig Cousins in Catamount hatte.

„Was?", fragte Jake und wandte seinen Blick zwischen Phoebe und Shana hin und her.

Danes Augen weiteten sich, aber er war zu sehr mit Kauen beschäftigt, um etwas zu sagen.

Phoebe nickte. „Ja. Wir haben den Typen nicht getroffen, aber wir waren in einem Café zum Mittagessen und als wir erwähnt haben, woher wir stammen, hat die Frau, die uns bedient hat, behauptet, ihre Freundin hätte Verwandte in Catamount."

Shana griff Phoebes Erzählung auf. „Der Typ heißt Carl Jasper. Es gibt mehr als ein paar Jaspers in Catamount. Die Frau hat nicht viel mehr darüber gewusst, aber sie hat uns verraten, wo er wohnt und dann sind wir dort vorbeigefahren."

Jake und Dane meldeten sich gleichzeitig zu Wort. „Was?!“

Jake konnte die Angst nicht unterdrücken, die unter seiner Haut kribbelte. Da Phoebe und Shana direkt vor ihm saßen, wusste er, dass es ihnen gut ging, aber er fürchtete sich dennoch vor unerwarteten Ereignissen.

Shana verdrehte die Augen. „Mein Gott, wag es ja nicht, uns Vorwürfe zu machen, weil wir am Haus eines Typen vorbeigefahren sind, während du Paul durch den Wald gejagt hast.“

Als Jake sich zu Phoebe umdrehte, zog sie nur eine Augenbraue hoch. Er biss sich auf die Lippe und stieß zischend die Luft aus.

Dane seufzte. „Gut, wir machen euch ja keine Vorwürfe, aber haltet uns doch bitte auf dem Laufenden.“

Shana warf ihm einen bösen Blick zu. „Genau. Weil ihr uns heute Nachmittag nämlich wirklich stundenlang auf dem Laufenden gehalten habt. Ihr habt doch bereits gewusst, dass wir uns ein wenig umgesehen haben. Dann sind wir zufällig über diesen Hinweis gestolpert. Wir sind einfach mitten am Nachmittag an einem Haus vorbeigefahren. Ich hatte gehofft, dass wir einen Blick auf ihn erhaschen würden. Aber das spielt eigentlich keine Rolle, denn allein das Wissen, dass er Verwandte in Catamount hat, verschafft uns eine Spur.“

Phoebe tippte Jake mit dem Fuß an. „Recherchiere doch mal im Internet, welche Verbindungen es zwischen Carl Jasper und einem der Jaspers in Catamount gibt.“

Jake wusste, dass das alles andere als vernünftig war, aber trotzdem durchfuhr ihn unbändige Wut. Der Gedanke, dass Phoebe sich in der Nähe von jemandem aufgehalten hatte, der ein Risiko darstellen könnte, hielt sein Herz wie ein Schraubstock umklammert. Er zwang sich, langsam durchzuatmen und blickte zu ihr hinüber. Ihre dunklen Augen trafen seine, als sie mit ihrem Fuß über seine Wade strich. Seufzend lehnte er sich zurück. Er war hundemüde. Nach ein paar weiteren Minuten des Gesprächs hörte er Phoebe sagen, dass er ins Bett gehen müsste. Er riss die Augen auf, als sie ihn sanft anstupste.

Mit ihr an seiner Seite schlief er schnell ein, ihren Kopf an seine Brust geschmiegt. Das Mondlicht fiel auf das Bett und beleuchtete ihre Gesichtszüge. Und ihre langen dunklen Wimpern hinterließen feine Schatten auf ihren Wangen.

———

Am nächsten Morgen trafen sie sich noch einmal mit Hayden. Hayden konnte nur wenig über Carl Jasper sagen, außer dass er ein Shifter war und in seinen Kreisen einige Shifter verkehrten, die in Schmuggelgeschäfte verwickelt waren. Momentan hielt er sich unter dem Radar, was mehr Fragen als Antworten hinterließ. Während sie am Flughafen auf ihren Rückflug nach Maine warteten, fing Jake an, im Internet zu recherchieren, um herauszufinden, was er über Carl Jasper und weitere Jaspers in Catamount in Erfahrung bringen konnte. Eine schnelle Suche ergab, dass Carl in den letzten zwei Jahren mehrmals im Jahr zwischen Montana und Maine hin- und hergeflogen war, zuletzt direkt nach Callens Tod.

Jake klappte seinen Laptop zu, als ihr Flug aufgerufen wurde; er konnte es kaum erwarten, zurück nach Catamount zu kommen, um zu sehen, was sie noch herausfinden würden. Als ihr Flugzeug startete, warf er einen Blick zu Phoebe hinüber. Er war mehr als erleichtert, dass er ihr diesmal nicht hinterherjagen musste. Er ließ seine Hand durch ihre Locken gleiten. Da wandte sie sich ihm zu und ihre Augen schimmerten vor Sorge.

„Was?", fragte er.

Sie zuckte mit den Schultern. „Ich habe das Gefühl, dass wir jetzt noch mehr Fragen haben."

„Ja und nein. Wir haben vielleicht mehr Fragen, aber wir haben auch mehr Orientierungspunkte, um in die richtige Richtung zu gehen."

Ihre Lippen verzogen sich zu einem wehmütigen Lächeln. „Scheint so." Dann hob sie eine Hand und strich über seinen Mund, und ihre Berührung war wie elektrisierend.

KAPITEL VIERZEHN

Phoebe lief die Straße in der Innenstadt von Catamount entlang. Sie hatte gerade ihre Arbeit im Krankenhaus beendet und musste in letzter Minute noch ein paar Weihnachtseinkäufe erledigen. Letzte Nacht hatte es wieder geschneit und die Grünflächen der Stadt waren mit einer dicken Schneeschicht bedeckt. Der Wind hatte stellenweise Verwehungen aufgetürmt. Die Luft war schneidend und kalt. Sie atmete ein und genoss den Hauch von Balsam und Holzrauch. Nachdem sie ihre Einkäufe erledigt hatte, trat sie durch die Tür in Roxanne's Country Store. Wärme umhüllte sie, zusammen mit dem Duft von Weihnachtsgebäck. Der Delikatessenladen machte während der Feiertage ein reges Geschäft und bot eine Vielzahl von Leckereien an. Als sie in der Schlange stand, schaute sie sich in dem Laden um und sah Noah Jasper an einem der Tische sitzen.

Seit sie aus Montana zurückgekehrt waren, hatte Jake fleißig im Internet recherchiert und war ständig auf der Suche nach Mitgliedern der Großfamilie Jasper in Catamount. Obwohl sie die Familie kannte, standen sie einander nicht besonders nahe, sodass sie gegen den Drang ankämpfen musste, alle, die sie traf, zu befragen. Jake hatte zähneknirschend zugegeben, dass er sie nicht aus den Ermittlungen heraushalten konnte und hatte sie lediglich gebeten, ihm ebenfalls den Gefallen zu tun und ihn auf dem Laufenden zu halten. Sie hatte daraufhin die Augen verdreht und höflich darauf hingewiesen, dass sie das schon immer getan hatte.

Noah Jasper war mit ihr und Shana zur Schule gegangen. Er war aus zwei Gründen bei den Mädchen beliebt gewesen: Er war groß, dunkel und gutaussehend, und er war zurückhaltend, was ihn zu einer echten Herausforderung gemacht hatte. Obwohl Phoebe ihn nicht allzu gut kannte, hatte sie immer das Gefühl, dass er sich über die ganze Aufmerksamkeit nicht besonders freute. Im Gegenteil, ihm schien das Ganze eher unangenehm zu sein. Er hatte in einem anderen Bundesstaat studiert, war dann zum Militär gegangen und erst vor etwa einem Jahr nach Catamount zurückgekehrt. Es wurde gemunkelt, dass er bei den Special Forces gewesen war, aber er hielt sich so bedeckt, dass Phoebe nicht wusste, ob das stimmte oder nicht. Sie war sich aber sicher, dass er in diesem Fall äußerst gefährlich sein würde. Ein Shifter in Verbindung mit einem speziell ausgebildeten Soldaten wäre ausgesprochen riskant. Sie hoffte inständig, dass er nicht in das Schmugglernetzwerk verwickelt war.

Roxanne legte den Kopf schief und grinste, als Phoebe an den Tresen herantrat. „Was darf's denn heute sein?"

„Kaffee und eine Zitronenstange."

Roxanne bediente sie schnell und musterte sie mit Argusaugen, als sie ihr den Kaffee reichte. „Was hab ich den da über dich und Jake gehört?"

Phoebe hatte schon geahnt, dass diese Fragen kommen würden, jetzt, wo sie und Jake offen über ihre Beziehung sprachen, aber das verhinderte nicht, dass sie trotzdem knallrot anlief. „Was hast du denn gehört?"

„Dass ihr beide endlich zur Vernunft gekommen seid und es heiß her geht. Um genau zu sein, hat mir Gail Anderson, die anscheinend alles sieht, erzählt, dass sie dich gestern mit ihm auf dem Parkplatz des Krankenhauses knutschen gesehen hat." Roxannes Grinsen war breit und ihre Augen funkelten schelmisch.

Phoebe errötete und ihr Gesicht lief ganz heiß an. Sie kaute an ihrer Lippe und seufzte. „Gail denkt sich das nicht aus, falls du dich das fragst."

Da legte Roxanne eine Hand auf ihre Hüfte. „Kein Grund, sich vor mir zu schämen. Ich habe mich schon gefragt, wie lange ihr noch leugnen würdet, was doch eigentlich auf der Hand liegt."

Phoebes Brust fühlte sich plötzlich wie zugeschnürt an. Ihre Gedanken überschlugen sich. „Ich habe doch gar nicht versucht, irgendwas zu verbergen. Ich bin bloß ein wenig ausgeflippt. Ich habe keine Ahnung, wohin das führen soll, und ich weiß auch nicht, was ich tun soll, wenn das nicht klappt."

Roxannes Blick wurde sanfter. „Komm mal mit", bat sie und bedeutete Phoebe, ihr hinter den Tresen zu folgen.

Roxanne führte sie durch eine Schwingtür in die Küche und in das kleine Büro im hinteren Bereich. Bevor Phoebe etwas sagen konnte, fuhr Roxanne herum und stemmte die Hände in die Hüften. „Zerbrich dir jetzt bloß nicht den Kopf. Jake liebt dich schon seit Jahren."

Phoebe seufzte. „Das hat er auch gesagt, aber wie

lange hat er geschworen, dass er nie mit einer Frau zusammen sein wird, die keine Shifterin ist? Und ich bin doch keine ..."

Roxanne unterbrach sie. „Wenn er wirklich darauf bestehen würde, wärst du jetzt auch nicht mit ihm zusammen. Außerdem sind Männer manchmal Idioten. Er hat sich über eine schiefgelaufene Romanze ereifert und schließlich eingesehen, dass das, was da schieflief, rein gar nichts damit zu tun hatte, ob sie eine Shifterin war oder nicht. Lass es gut sein. Ich kenne dich und ich weiß, wie sich dein Verstand im Kreis dreht. Du hast doch ganz andere Sorgen, also nimm doch einfach mal die Tatsache zur Kenntnis, dass dir dieses Glück sozusagen in den Schoß gefallen ist. Und mehr möchte ich dazu auch gar nicht sagen. Wenn dir irgendwann mal die Nerven durchgehen sollten, ruf mich an, damit ich dir wieder den Kopf zurechtrücken kann. Aber jetzt erzähl mir erst mal, was in Montana passiert ist."

Für einen kurzen Augenblick war Phoebe verblüfft und hätte Roxanne am liebsten gefragt, woher sie gewusst hatte, dass Jake sie seit Jahren geliebt hatte, aber als sie Roxannes festem, wissendem Blick begegnete, beschloss sie, ihren Rat zu befolgen und sich vorerst nicht länger verrückt zu machen. In den Tagen in Montana war ihr alles leichter vorgekommen, als ihre gemeinsame Zeit wie in einer Blase dahingeschwebt war, weit weg von ihrem täglichen Leben. Sie wünschte sich mehr als alles andere, sich dem hinzugeben, was sie mit Jake hatte – ein Glück, das weit über das hinausging, was sie sich hätte vorstellen können. Nachdem sie tief Luft geholt hatte, fuhr sie fort und berichtete von den Ereignissen in Montana.

„Da ist also jemand mit den Jaspers verwandt ... hmmm", meinte Roxanne. „So ziemlich jeder, der in die Stadt kommt, taucht früher oder später in meinem Laden auf. Lass mich nachdenken. Hast du eine Ahnung, ob er denn hier draußen war?"

Phoebe nickte. „Ja. Jake hat seine Flugdaten rausgesucht, und er war in den letzten zwei Jahren ein paar Mal im Jahr in Maine. Jake versucht noch mehr herauszufinden. Der einzige Jasper, den ich einigermaßen kenne, ist Noah, und der ist nicht gerade gesprächig."

Roxanne kicherte, als sie sich umdrehte, um das Büro zu verlassen, und bedeutete Phoebe, ihr zu folgen. „Nicht wirklich, aber er ist fast jeden Tag hier, also hatte ich mehr Zeit als du, ihn weichzuklopfen."

Phoebe beobachtete, wie Roxanne die Kaffeekanne hinter dem Tresen hervorholte und sich ihren Weg zwischen den Tischen hindurch bahnte. Als sie an Noahs Tisch vorbeikam, sah er lächelnd auf.

———

Jake stand von seinem Schreibtisch auf und streckte sich. Er hatte den ganzen Vormittag gearbeitet. Neben seiner Arbeit an den Ermittlungen hatte er noch ein paar Aufträge für Unternehmen zu erledigen, deren Websites er betreute und für die er technischen Support leistete. Die Sonne stand jetzt tief am Himmel und ihre Strahlen drangen durch die Bäume hinter seinem Büro. Ein leuchtend roter Kardinal saß auf einem Ast vor seinem Fenster, ein Farbtupfer inmitten der verschneiten Landschaft.

Da öffnete sich die Tür seines Büros und Dane stand in der Tür. „Komm, wir treffen uns mit Hank drüben bei Theo Jasper."

Jake erhob sich und schnappte sich seine Jacke. Er hatte bald herausgefunden, dass Carl Jasper aus

Montana regelmäßig mit Theo Jasper in Catamount in Verbindung stand. Obwohl es nie ausdrücklich um Schmuggel ging, gab es doch immer wieder Andeutungen auf Geschäfte. Jake hatte dies an Hank weitergegeben, der ihm daraufhin mitgeteilt hatte, dass Theo bereits wegen Steuerhinterziehung in Schwierigkeiten steckte. Auf der Fahrt dorthin gab Dane Jake ein kurzes Update.

„Nachdem du Hank auf Theo aufmerksam gemacht hast, hat er aus dem Gefängnis erfahren, dass Theo Randall seit seiner Verhaftung ein paar Mal besucht hat. Er hat vor, ihn zu befragen und herauszufinden, wohin das Ganze führt. Deshalb möchte er uns dort treffen, denn Theo ist dafür bekannt, dass er Schwierigkeiten macht."

Theo wohnte in der Nähe des Stadtzentrums von Catamount in einer ruhigen Seitenstraße. Als sie ankamen, war Hank schon da. Jake und Dane begegneten ihm bei seinem Auto. Hank stieß sich vom Auto ab und machte sich auf den Weg zum Haus. „Mal sehen, was wir aus ihm herausbekommen."

Der Schnee knirschte unter ihren Stiefeln, als sie auf die Tür zugingen. Nachdem sie geklopft hatten, hörten sie ein Rascheln und dann war es plötzlich mucksmäuschenstill. Die Tür flog auf, und Theo stand vor ihnen. Blitzschnell wandelte er sich und schoss davon. Obwohl Hank ein Shifter war, schüttelte er heftig den Kopf und bedeutete ihnen, ihm zu folgen. „Er ist direkt auf dem Weg in die Stadt. Ich weiß ja nicht, was er vorhat, aber ich erwarte jede Menge Anrufe. Wenn ich in Löwengestalt rumlaufe, kann ich keine Gerüchte mehr entkräften. Tut ihr beiden also, was ihr tun müsst." Hank machte auf dem Absatz kehrt und stieg in sein Auto.

Jake und Dane sahen einander kurz an. In stillem

Einverständnis wandelten sie sich in ihre Löwengestalt. In Windeseile spross Jake das Fell auf seinem ganzen Körper. Er stürmte los, Dane an seiner Seite. Sie preschten durch den Wald und schlugen sich durch Höfe und Seitenstraßen. Theo war nicht allzu weit vor ihnen. In Katzengestalt war er kleiner und schlanker, genau wie in Menschengestalt. Er steuerte direkt auf das Zentrum der Stadt zu. Das Adrenalin trieb Jake zu einem rasanten Tempo an und Dane folgte ihm auf Schritt und Tritt. Als sie Theos Schwanzspitze sahen, nachdem er aus ihrem Blickfeld verschwunden war, teilten sie sich auf und umrundeten die gegenüberliegenden Seiten. Sie liefen um das Gebäude herum und sahen, dass Theo innegehalten hatte. Sein Kopf schwankte hin und her. Es schien, als würde er seine Möglichkeiten abwägen. Wenn er weiterlief, würden sie auf dem Stadtplatz landen.

Jake knurrte und seine Nackenhaare richteten sich auf. Das Einzige, was ihn zurückhielt, war die Tatsache, dass sie Theo aus dem Stadtzentrum vertreiben mussten. Theo machte einen Satz nach vorne und sauste die Straße entlang, die zum Park führte. Jake und Dane verfolgten ihn. Als sie hinter Theo herliefen und aufs offene Gelände stürmten, fiel Jakes Blick sofort auf Phoebe, die die Straße entlang zu ihrem Auto unterwegs war. Roxanne stand an der Tür ihres Ladens und machte große Augen bei dem Anblick der drei Berglöwen, die durch die Stadt tobten. Da steuerte Theo auf Phoebe zu. Jake wurde von einer unbändigen Wut übermannt und sprang Theo hinterher. Er schlug nach Theo, als dieser sich gerade auf Phoebe stürzte.

Phoebe wich aus, aber Theos Klauen trafen ihre Schulter, als sie zu Boden ging. Jake knurrte und sprang Theo an die Gurgel. Dieser wich jedoch aus und hechtete zur Seite. Jake hielt inne und blickte auf Phoebe hinunter. Sie schüttelte heftig den Kopf, als er sich auf sie zubewegte. „Geh", zischte sie. „Ich komm schon klar." Erleichterung durchflutete ihn, aber nur für einen kurzen Augenblick. Es war pures Glück, dass Phoebe nicht verletzt worden war. Dane zog an den beiden vorbei. Als Jake sah, wie Roxanne sich auf Phoebe zubewegte, drehte er ab. Zorn durchfuhr ihn, als er hinter Dane herlief und sich schwor, dass er Theo dafür bezahlen lassen würde, dass er es auf Phoebe abgesehen hatte.

Theo schlängelte sich zurück in Richtung seines Hauses. Dane holte ihn gerade ein, als sie über den Zaun um seinen Hof sprangen. Nachdem auch Jake den Zaun überwunden hatte, fand er Dane vor, der mit Theo kämpfte. Krallen und Fell blitzten auf. Als Dane Jake sah, wich er zurück. Jake spürte, dass Dane ahnte, dass er diesen Kampf unbedingt brauchte. Mit einem tiefen Grollen stürzte er sich auf Theo. Theo war zwar kleiner, aber angriffslustig und unerbittlich. Der Kampf zog sich in die Länge und Jake erlitt mehrere tiefe Kratzer. Er dachte an Phoebe und biss sich durch, um einem weiteren Schlag auszuweichen und Theo gegen den Zaun zu drücken, sodass er schließlich zu Boden sank. Theo knurrte, aber der Kampf war vorbei. Jake brauchte seinen ganzen Willen, um seine Zähne nicht in Theos Hals zu versenken und ihn aufzuschlitzen. Nur sein menschlicher Verstand hielt ihn im Zaum. Sie hatten schon genug um die Ohren, nachdem man drei Berglöwen in den Straßen von Catamount gesichtet hatte. Ein toter Löwe würde die Gerüchteküche nur weiter anheizen.

Theo gab schließlich auf. Jake biss Theo in den Nacken und zerrte ihn ins Haus, dicht gefolgt von Dane. Erst als Theo wieder seine menschliche Gestalt angenommen hatte, taten es ihm Jake und Dane gleich. Kaum hatten sie das getan, hörte Jake eine weibliche Stimme. Shana betrat die Küche, wo sie gerade das Haus betreten hatten.

„Hey Jungs, ich habe gehört, dass ihr Hilfe gebrauchen könntet." Sie hielt ihnen ihre Kleidung hin und warf sie ihnen zu.

Zusammen mit Theo warteten sie, bis Hank eintraf. Theo war mürrisch und wortkarg. Nachdem Hank die Küche betreten hatte, fiel sein Blick sofort auf Theo.

„Nun, du hast aber auch wirklich so viel Ärger gemacht, wie du nur konntest. Wir haben uns bereits gefragt, ob du etwas mit den Schmugglern zu tun haben könntest, und das hast du nun bestätigt. Wir sind einfach bloß bei dir aufgekreuzt und du hast diese Nummer abgezogen. Es war nicht besonders clever, die Aufmerksamkeit auf Shifter zu lenken. Du hast gerade jeden einzelnen Shifter hier in der Gegend in Gefahr gebracht. Also, wie sieht's aus? Packst du jetzt aus oder nicht?"

„Ihr könnt mich für gar nichts belangen."

„Aber klar doch. Wenn du gehofft hast, dass dich viele Leute gesehen haben, hast du dir einen denkbar ungünstigen Zeitpunkt ausgesucht. Es dämmert schon und die meisten sind schon von der Arbeit nach Hause gegangen. Meine Leute haben jeden in der Stadt befragt. Außer Phoebe und Roxanne haben wir nur noch zwei weitere Zeugen, die sich gar nicht so sicher sind, was sie da eigentlich gesehen haben. Ich nehme dich nur zu gern wegen Körperverletzung gegen Phoebe fest, weil ich genau weiß, dass du sie angegriffen hast. Die Zelle wirst du dir aber nicht mit einem deiner Kumpels teilen."

Theo stieß einen Fluch aus und funkelte Hank an. „Was zum Teufel hat euch überhaupt zu mir geführt?"

Hank zuckte mit den Schultern. „Wir wissen, dass du Verbindungen zum Schmuggelnetzwerk in Montana hast. Dazu wollten wir dich bloß befragen. Vielleicht hättest du ja gar nichts darüber sagen können. Und dann ziehst du diesen Scheiß ab."

Theo lehnte sich in seinem Stuhl zurück. Jake musste sich sehr beherrschen. Am liebsten hätte er Theo die Fresse poliert. Plötzlich surrte sein Handy in der Tasche. Er zog es heraus und sah Phoebes Nummer. Sofort trat er nach draußen. „Alles in Ordnung? Ich wäre am liebsten bei dir geblieben, um sicherzugehen, dass ..."

Phoebe unterbrach ihn. „Ich habe dir doch gesagt, dass es mir gut geht. Was zum Teufel ist da eigentlich los, Jake? Warum habt du und Dane diesen Shifter durch die Stadt gejagt? Und wer war das überhaupt?"

Phoebe hatte ihn und Dane schon oft in Löwengestalt gesehen, also hatte sie die beiden erkannt. Theo aber wahrscheinlich weniger.

„Theo Jasper. Wir haben uns mit Hank bei Theo getroffen, um mit ihm zu reden, und dann ist er einfach abgehauen. Bist du sicher, dass es dir gut geht? Ich mache mich jetzt vom Acker. Dane und Hanks Leute kümmern sich um den Rest. Wo bist du?"

Nachdem Phoebe ihm mitgeteilt hatte, dass Roxanne sie nach Hause gebracht hatte, ging Jake nach drinnen, um sich mit Dane zu beraten. Dane reichte ihm seine Schlüssel und versprach ihm, seinen Truck später bei Phoebe abzuholen.

KAPITEL FÜNFZEHN

Phoebe versuchte, Roxanne aus dem Haus zu verscheuchen, aber die ließ sich nicht beirren. Phoebe mochte es nicht, wenn man ihr zu sehr auf die Pelle rückte, und genau das hatte Roxanne getan.

„Du kannst herummeckern, so viel du willst. Ich bleibe hier, bis Jake da ist", erklärte Roxanne.

„Aber mir geht es gut! Er hat mich bloß umgestoßen und mir kaum einen Kratzer zugefügt. Du machst zu viel Wind um die Sache."

Roxanne schüttelte langsam den Kopf. „Ich kann ja sehen, dass es dir gut geht, aber wenn ich dich hier alleine lasse, macht Jake mir die Hölle heiß, also musst du wohl mit mir vorliebnehmen."

Phoebe verdrehte die Augen und lehnte sich auf der Couch zurück. Roxanne hatte ihr aufgeholfen, nachdem Theo sie zu Boden gestoßen hatte und darauf bestanden, sie nach Hause zu fahren. Zuerst hatte sie sie zum Krankenhaus fahren wollen, aber dann hatte sie klein beigegeben, als Phoebe ihr zu verstehen gegeben hatte, dass sie nicht noch mehr Aufmerksamkeit auf den Umstand lenken sollten, dass gerade drei Berglöwen durch das Stadtzentrum gerast waren. Das Einzige, was für sie sprach, war der Zeitpunkt. Die Dämmerung war bereits hereingebrochen, sodass das Licht schwach geworden war und die meisten Geschäfte bereits geschlossen hatten. Roxanne hatte Rosie angerufen, die von ihrer Schicht im Krankenhaus herübergeeilt war. Die hatte sie allerdings angefunkelt, dass sie bloß ihre Zeit verschwendet hatte.

„Ich kann ja verstehen, dass du ausflippst, weil drei Berglöwen durch die Stadt gerannt sind, aber sie hat doch kaum einen Kratzer. Hätte sie nicht ihren Wintermantel angehabt, hätten wir vielleicht Anlass, uns Sorgen zu machen. Ich muss jetzt zurück zur Arbeit, aber ruf mich später an. Ich muss wissen, was los ist", hatte Rosie noch erklärt, als sie wieder zur Tür hinausgelaufen war.

In der Zwischenzeit konnte Phoebe nur noch daran denken, was mit Jake und Dane passiert war. Sie hoffte, dass er und Dane keine Schwierigkeiten gehabt hatten, Theo in die Enge zu treiben, aber es hätte durchaus sein können, dass noch andere in die Sache verwickelt waren. Immer wieder schaute sie auf ihr Handy und rief ihn schließlich an. Er würde jeden Augenblick hier sein. Als sie sich gerade umdrehte, um Roxanne zu fragen, ob sie etwas zu essen haben wollte, flog ihre Haustür auf. Jake stürmte herein und knallte die Tür hinter sich zu. Ein eisiger, mit Schnee gesprenkelter Luftzug wirbelte mit ihm herein, als er zwei lange Schritte machte und vor ihr stand. Er vibrierte förmlich vor Energie. Er wollte schon die Hand nach ihr ausstrecken, hielt aber abrupt inne und steckte die Hände in die Taschen. Seine Jacke war offen, seine Kleidung war an einigen Stellen zerrissen und er wies einige Kratzer auf, darunter einen, der sich unter dem

Kragen seines Hemdes den Hals hinunterschlängelte und mit getrocknetem Blut verschmiert war. Schneeflocken hingen in seinem Haar und auf seiner Jacke. Sie machte Anstalten, aufzustehen.

„Nein! Du musst dich jetzt ausruhen. Alles in Ordnung?", fragte er schnell und ließ seinen Blick über sie schweifen.

„Es geht mir gut! Er hat mich bloß zu Boden gestoßen. Ich habe nicht mal einen Kratzer ..."

„Wo?"

Phoebe war klar, dass Jake sie nicht zu Wort kommen lassen würde, bevor sie ihm nicht zeigte, wie unbedeutend ihre Verletzungen waren. Sie warf einen Blick auf Roxanne, die murmelte: „Ich hab's dir ja gesagt."

Phoebe schob den Kragen ihrer Bluse beiseite, um die Hautstelle zum Vorschein zu bringen, die Theos Klaue erwischt hatte, als er sie zu Boden gestoßen hatte. Der Kratzer war knallrot und gerade mal so tief, dass er unangenehm war. Sie war sich sicher, dass er in ein oder zwei Tagen höllisch jucken würde.

Jake stieß seinen Atem zischend durch die Zähne aus und entspannte seine Schultern. „Er hat dich nicht verletzt, als er dich umgeworfen hat?"

Phoebe zuckte mit den Schultern. „Morgen habe ich wahrscheinlich ein paar blaue Flecken, aber sonst ist nichts passiert." Sie erhob sich, nachdem sie entschieden hatte, dass es nun genug war, und schob sein Hemd zur Seite, um festzustellen, wie weit der Kratzer reichte. „Du bist in viel schlechterer Verfassung als ich. Was zum Teufel ist eigentlich passiert?"

Sie wandte sich an Roxanne. „Hol doch bitte den Erste-Hilfe-Kasten aus meinem Bad." Dann drehte sie sich wieder zu Jake um und streifte ihm die Jacke von den Schultern. „Küche", befahl sie.

Als Jake widersprechen wollte, funkelte sie ihn an. „Ich brauche besseres Licht. Los jetzt." Sie bedeutete ihm, vorzugehen und folgte ihm in die Küche. Dort zog sie einen Hocker von der Theke weg und wies ihn an, sich zu setzen. Er wollte schon widersprechen, schien es sich aber anders zu überlegen, als er den Blick in ihren Augen sah. Er nahm Platz, während Roxanne mit ihrem Erste-Hilfe-Kasten zurückkam. Phoebe zog sein Hemd aus und stellte fest, dass er mehrere tiefe Kratzer auf der Brust und dem Rücken davongetragen hatte. Sie rang damit, ihre Gefühle unter Kontrolle zu halten. Das war Jake, der Mann, den sie so lange liebte, wie sie sich erinnern konnte. In den letzten Wochen war ihr Herz so eng mit seinem verwachsen, dass sie sich eine Welt ohne ihn nicht mehr vorstellen konnte. Als sie die Beweise für den Kampf mit Theo sah, wuchs ihre Angst und Sorge über die Ereignisse rund um die Shifter in Catamount. Callen war aus Gründen gestorben, die sie noch immer nicht ganz verstand. Und Jake steckte mittendrin, und sie wusste, dass sie es nicht ertragen würde, wenn ihm etwas zustoßen würde. Ihr schnürte es die Kehle zu und ihr Herz pochte schmerzhaft, als sie tief durchatmete und sich wieder unter Kontrolle brachte.

Während Roxanne ihr leise die gewünschten Gegenstände übergab, säuberte Phoebe schnell die Kratzer und verband sie. Obwohl einige ziemlich tief waren, brauchten sie nicht genäht zu werden. Nicht, dass Jake das zugelassen hätte. Während sie ihre Arbeit erledigte, informierte er sie und Roxanne über die rasche Abfolge der Ereignisse. Mitten im Gespräch kam Shana dazu. Nach der kurzen Unterbrechung durch Shana, die sich vergewissert hatte, dass es Phoebe gut ging, erzählte Jake weiter.

„Ehrlich gesagt, sind wir nur aufgetaucht, um ihn

zu befragen. Aber er war viel zu unbeherrscht, um die Ruhe zu bewahren. Ich bin abgehauen, bevor ich noch irgendwas Neues erfahren habe. Dane wollte mich anrufen, falls es Neuigkeiten gibt." Er sah Shana in die Augen. „Ist noch irgendwas passiert, nachdem ich gegangen bin?"

Shana schüttelte den Kopf. „Hank hat entschieden, dass es besser wäre, ihn zur Befragung aufs Revier zu bringen."

Phoebe trat zurück und lehnte sich gegen den Waschtisch. „Und was jetzt?"

Jake zuckte mit den Schultern. „Keine Ahnung."

Roxanne blickte zwischen den beiden hin und her. „Das ist doch Wahnsinn. Wir müssen alle Leute aus der Gegend ausforschen, die in die Sache verwickelt sind. Ich weiß, dass dieses Schmugglernetzwerk weit über unsere Grenzen hinausgeht, aber wir müssen wissen, wem wir hier vertrauen können."

Jake nickte. „Stimmt. Ich hoffe, dass Theo einsichtig genug ist, um auszupacken. Ansonsten bleiben wir wohl alle an der Sache dran."

Shana stützte ihre Hüften auf dem Tisch ab und schüttelte heftig den Kopf. „Ich hatte gehofft, dass wir in Montana die Sache klären würden. Aber dort haben wir uns nur noch mehr Fragen eingebrockt. Hast du von Hayden gehört, seit wir zurück sind?", fragte sie Jake.

Jake nickte. „Ein paar E-Mails, aber nichts Neues. Hayden hat von Anfang an klargestellt, dass er nicht glaubt, dass die Shifter, die in Bozeman mitmischen, sich von Callen unterscheiden. Sie haben nicht das Sagen, sondern sind nur auf das Geld scharf."

Phoebe schluckte die Angst hinunter, die in ihrer Kehle aufstieg. Sie fürchtete nicht nur um Jakes Sicherheit, sondern auch um die Sicherheit vieler anderer enger Freunde und Familienmitglieder. Roxanne blickte sich im Raum um. „Ich muss zurück in den Laden. Komm doch mit", bat sie Shana. „Dort wird die Gerüchteküche brodeln, wer heute Abend was gesehen hat." Sie schnappte sich ihre Jacke von einem Küchenstuhl und zog sie achselzuckend an. Mit einem Winken und einem besorgten Lächeln gab sie Phoebe einen Kuss auf die Wange und verließ das Haus mit Shana im Schlepptau.

Phoebe begegnete Jakes Augen, die so blau waren, dass sie ihr den Atem raubten. Er stand lässig da, gegen einen Küchenhocker gelehnt. Seine muskulöse Brust und seine Arme waren mit Kratzern und blauen Flecken übersät. Die schlimmsten davon waren jetzt von ein paar Verbänden verdeckt. Er streckte eine Hand aus, hakte einen Finger in ihre Jeans ein und zog sie zu sich. Sofort schloss er sie in seine Arme, fuhr mit der Hand durch ihr Haar und hielt ihren Kopf dicht neben seinem.

Sie konnte seinen Herzschlag spüren, als sie in seiner schützenden Umarmung lag. Er war ruhig, aber sie konnte die Anspannung spüren, die in ihm vibrierte. Die Tränen, die sie bis dahin zurückgehalten hatte, traten in ihre Augen und eine davon landete auf seiner Schulter. Er atmete heftig ein und zog sich langsam zurück, wobei er ihr Kinn sanft anhob.

„Du hast mich zu Tode erschreckt", flüsterte er eindringlich. „Und jetzt brichst du mir das Herz. Mir geht's gut. Du brauchst dir keine Sorgen zu machen."

Sie wischte ihre Tränen beiseite. „Doch, das muss ich! Ich will doch nur, dass das endlich aufhört. Am liebsten würde ich alle Beteiligten aufspüren und sie aus der Stadt jagen. Ich kann damit leben, dass Leute am anderen Ende des Landes in diesen Scheiß verwickelt sind, aber nicht hier. Ich möchte nicht, dass du so endest wie Callen!"

Für einen Augenblick schloss Jake die Augen, seine Schultern hoben und senkten sich mit einem tiefen Atemzug. „Das passiert nicht", versicherte er entschieden.

„Das weißt du doch gar nicht." Sie holte zaghaft Luft und zwang sich, sich zu beruhigen.

Jake strich ihr eine widerspenstige Locke hinters Ohr und fuhr mit der Hand über ihr Haar. Dann begegnete er wieder ihrem Blick. „Ich kann dir versprechen, dass ich mein Bestes tun werde, um mich nicht in Gefahr zu bringen. Ich weiß nicht, wie lange das Ganze noch dauert, aber wir kriegen das schon hin."

Phoebe begegnete seinem Blick und spürte, wie der Boden unter ihr nachgab. Ihre Gefühle brachen wie eine Welle über sie herein. Es war zu viel, ihrem Herzen endlich freie Hand zu lassen, um die Gefühle für Jake zu erforschen, die sie so lange vergraben hatte, das Hochgefühl zu erleben, ihm tatsächlich hautnah zu begegnen, und gleichzeitig um sein Leben zu fürchten. Seine Augen verdunkelten sich. Dann trafen seine Lippen auf ihre, und sie war verloren. Die Gefühle donnerten über sie hinweg und rissen sie mit sich.

Jakes Berührung war überall gleichzeitig. Seine Lippen waren heiß an ihrem Hals, die raue Haut seiner Handflächen steigerte die Erregung in ihr. Ihre Klamotten flogen durch die Gegend und der Küchenhocker kippte um. Glühende Hitze brodelte in ihrem Inneren und schoss wie eine Spirale steil nach oben. In ihr pulsierte die Erregung, als er sie ruckartig hochhob und ihre Hüften an der Kante des Küchentisches abstützte. Ihre Erregung steigerte sich mit jeder Berührung. Er riss sie heftig an sich, sein Schwanz drückte heiß und hart gegen ihr Inneres. Während er mit seinen Hüften gegen sie stieß, forderte er ihre Lippen zu einem weiteren leidenschaftlichen Kuss heraus. Sie bekam kaum noch Luft. Dann zog er sich zurück und biss ihr mit den Zähnen auf die Unterlippe.

Er murmelte ihren Namen, während er zwischen ihnen nach unten blickte und seine Eichel zwischen ihren glitschigen Schamlippen hin und her bewegte. In ihrem Inneren stieg der Druck. Sie stand kurz vor dem Höhepunkt, aber er ließ nicht zu, dass sie jetzt schon ausrastete. Sie stieß keuchend seinen Namen aus und flehte ihn an, sie zu füllen, und schließlich tat er das auch. Er drang in sie ein und schob sich bis zum Anschlag in ihren feuchten Kanal. Das Verlangen zerrte an ihr, sie war fast betrunken davon. Dann hielt er für einen langen Augenblick still.

„Phoebe, sieh mich an.“

Seine Stimme war tief und angespannt. Sie richtete ihren Blick auf ihn. Seine Augen waren heiß, elektrisch und zärtlich zugleich. Während er seine Stirn an ihre legte, begann er sich zu bewegen, drang langsam in sie ein und löste sich von ihr, trieb sie höher und höher. In ihr begann es zu beben, bis er ihre Hüften packte, seine Finger in ihre Haut grub und ihren Namen knurrte. Der aufkommende Sturm entlud sich über ihr, brach durch sie und um sie herum. Als sie pochend seine erhitzte Länge umklammert hielt, schrie er auf und wölbte sich von ihr weg, bevor sein Kopf auf ihre Schulter sank und er in ihren Armen erschauderte. Nach einer unbestimmten Zeit kamen sie wieder zu sich. Sie hörte das leise Knistern des verglimmenden Feuers im anderen Zimmer und den Wind, der durch die Bäume draußen peitschte.

EPILOG

Der Schnee fiel unaufhörlich und wurde vom Wind aufgewirbelt. Der Weihnachtsmorgen war kalt und neblig, und die Luft war schwer vom Hauch des bevorstehenden Schnees. Jake blickte aus dem Fenster von Phoebes Küche auf den Wald hinter ihrem Haus. Die Balsamzweige waren schwer mit Schnee bedeckt. Eine stattliche, blattlose Eiche reckte sich in den Himmel, ihre Äste waren zart mit Schnee bedeckt. Ein Eichelhäher sprang kreischend aus den Bäumen und landete auf dem Vogelhäuschen vor dem Küchenfenster; seine Federn hoben sich als bunte Farbtupfer vom weißen Hintergrund ab.

Phoebe kam in die Küche und trocknete ihr Haar mit einem Handtuch. Ihre dunklen Locken hingen ihr um die Schultern. Sie sah atemberaubend aus. Sie war ungeschminkt und ihre dunklen Augen funkelten, ihre Lippen waren strahlend und voll, und ihre Wangen waren gerötet. Er stieß sich von der Theke ab und zog sie zu einem Kuss heran. Sie errötete noch mehr und ein Hauch von Unsicherheit flackerte in ihren Augen. Jake wusste ohne jeden Zweifel, dass sie ihn liebte, aber er spürte, dass sie immer noch nicht glauben konnte, dass er dasselbe empfand.

Er lehnte sich von ihr weg, stützte sich mit den Hüften auf dem Tresen ab und schob seine Hände in die Taschen ihrer Jeans. „Was muss ich tun, damit du endlich damit aufhörst, dich zu fragen, ob das hier echt ist?"

Ihre Augen weiteten sich und sie holte tief Luft. Dann schüttelte sie den Kopf. Er wölbte eine Braue. „Tu nicht so, als wüsstest du nicht, wovon ich rede. Ich nehme an, ich habe Jahre Zeit, es dir zu beweisen, aber ich kann es ruhig noch einmal wiederholen. Ich habe dich schon seit Jahren geliebt. Ich war viel zu lange ein Vollidiot. Ich möchte mit niemand anderem als dir zusammen sein. Niemals. Bevor du dich noch verrückt deswegen machst, denk daran, dass ich nirgendwo hingehen werde und ich den Rest unseres Lebens Zeit habe, dich zu überzeugen. In der Zwischenzeit ..."

Er ließ eine Hand aus ihrer Tasche in seine gleiten und zog eine kleine Schachtel heraus. Phoebes Blick flog zu ihm, feucht von Tränen. Dann räusperte er sich. „Nach dieser Woche habe ich beschlossen, dass ich nicht mehr auf den richtigen Zeitpunkt warten möchte. Der richtige Zeitpunkt ist hier und jetzt. Ich kann warten, wenn du noch nicht bereit bist für eine Antwort. Dies ist der Ehering meiner Großmutter. Sie hat ihn mir vor ihrem Tod geschenkt und mir das Versprechen abgenommen, ihn nicht herauszuholen, bevor ich weiß, wer die Richtige für mich ist." Er hielt inne, seine Kehle war eng vor Ergriffenheit. „Dann hat sie noch gesagt, ich solle nicht so stur sein. Deshalb möchte ich ihn dir jetzt überreichen. Ich habe zu viel Zeit damit vergeudet, stur zu sein, aus Gründen, die für mich heute keinen Sinn mehr ergeben. Ich würde mich wahnsinnig darüber freuen, wenn du bereit wärst, ihn zu tragen, aber bis dahin kannst du ihn hier aufbewahren."

Er hatte sich das in den letzten Tagen immer wieder überlegt, seit er Theo durch die Stadt gejagt hatte. Phoebe war die wichtigste Frau in seinem Leben, und er liebte sie über alles. Niemand konnte jemals den Platz einnehmen, den sie in seinem Herzen hatte. Wenn sie noch nicht bereit war, würde er warten, aber ihm wäre es lieber, wenn das nicht der Fall wäre.

Ihr Blick aus ihren dunklen Augen traf den seinen und eine Träne löste sich aus ihrem Augenwinkel. Mit dem Handrücken wischte er sie weg. Dann holte sie tief Luft und ihr Blick wurde sanfter. „Es wäre albern von mir, so zu tun, als wüsste ich meine Antwort nicht schon längst. Ich muss mich bloß erst noch daran gewöhnen ..." Sie hielt inne und deutete zwischen ihnen hin und her. „... an uns. Aber ich liebe dich schon so lange, wie ich mich erinnern kann." Behutsam öffnete sie die kleine Schachtel und hielt einen Moment lang still. Der Ring seiner Großmutter war aus Platin und enthielt einen hellen Saphir, der von winzigen Diamanten umgeben war.

Phoebe sah auf, ihre Augen leuchteten vor Tränen. Dann hielt sie ihm ihre Hand hin, damit er ihr den Ring anstecken konnte, wobei ihre Hand leicht zitterte. Er verschränkte seine Hände mit ihren und führte seine Lippen an ihre. Sie atmeten gemeinsam, bis er sich von ihr löste.

„Es ist Weihnachten", meinte sie leise. „Wir müssen langsam los. Ich habe Roxanne versprochen, dass ich ihr heute Morgen beim Kochen helfe."

Jake nickte. „Ich weiß. Dann mal los."

———

Phoebe sah sich in dem mit Freunden und Familie vollgepackten Raum um. Catamount war ihr Zuhause und hier lebten all die Leute und Shifter, die sie am meisten liebte. Auch wenn die Ungewissheit über die jüngsten Ereignisse groß war, war heute ein Tag des Feierns und der Gemeinschaft. Roxanne's Country Store war der zentrale Treffpunkt für die älteren Shifterfamilien von Catamount und ein paar andere. In ihrer Großküche ließ es sich viel einfacher kochen. Die Luft duftete nach heißem Apfelwein, Backwaren und Schinken.

Phoebe blickte auf ihre Hand, als sie einen Korb mit frisch gebackenen Brötchen auf den Tisch stellte. Ihr Herz setzte einen Schlag aus, als sie den wunderschönen Ring sah, den Jake ihr heute Morgen geschenkt hatte. Sie hätte ihn um keinen Preis warten lassen können. Er hatte erkannt, dass es ihr immer noch schwerfiel, die Freude in ihrem Herzen einfach so anzunehmen, aber das lag nicht daran, dass sie an ihm zweifelte. Das alles war einfach so neu, dass sie Zeit brauchte, um sich daran zu gewöhnen. Nach den stundenlangen Freudenbekundungen an diesem Morgen und der offensichtlichen Begeisterung ihrer Freunde und Familie über ihre Beziehung hatte sie es geschafft, die Angst und die Sorgen, die seit Callens Tod und der Enthüllung seiner Geheimnisse über Catamount schwebten, wenn auch nur für kurze Zeit, zu vergessen.

Jake stand auf der anderen Seite des Raumes, günstigerweise in dem Torbogen, der in den hinteren Flur führte, wo ein kleiner Mistelzweig hing. Phoebe schlängelte sich durch den Raum und wischte sich die Hände an ihrer Schürze ab. Als sie bei ihm ankam, brauchte sie kein Wort zu sagen. Jake hob eine Hand und strich ihr eine Locke hinters Ohr, woraufhin sie bei seiner Berührung erschauderte. Seine Hand wanderte sanft über ihren Nacken und ihre Schulter und zog sie zu einem Kuss heran. Es waren nur wenige Sekunden purer Glückseligkeit, heiß, brennend und atemberaubend. Als er sich zurückzog, trafen seine blauen Augen auf die ihren, besitzergreifend, zärtlich und leidenschaftlich zugleich.

Phoebe spürte einen Stupser an ihrer Schulter und blickte zu Chloe hinüber, die sie angrinste. „Der Mistelzweig gehört nicht nur euch beiden", sagte sie.

Jake gluckste und trat zur Seite, wobei er Phoebe mit sich zog und seinen Arm eng um ihre Schultern legte.

Einige Stunden später traten sie hinaus in die Nacht. Die Lichterketten an den alten Laternenpfählen in den Straßen funkelten. Es hatte den ganzen Tag über geschneit und nun ließ es endlich nach. Eine flauschige, weiße Decke überzog die Landschaft, die von den Lichtern und dem sanften Schein des Mondes erhellt wurde. Sterne funkelten am Himmel, als sie durch die Dunkelheit fuhren. Obwohl sie wusste, dass noch viel mehr passieren würde, bis die Shifter in Catamount wieder sicher waren, sorgte der Mann, der in mehr als einer Hinsicht der Fixpunkt ihres Lebens war, heute Nacht dafür, dass ihr Herz und ihr Körper geborgen waren.

Melden Sie sich unbedingt für meinen Newsletter an, um die neuesten Nachrichten, Leseproben und mehr zu erhalten! Klicken Sie hier, um sich anzumelden: https://jh-croix.ck.page/ee53a5ef22

Als nächstes in der Serie: **Schicksalsgefährtin**

ÜBER DEN AUTOR

USA Today-Bestsellerautorin J. H. Croix lebt mit ihrem Mann und zwei verwöhnten Hunden in einer kleinen Stadt. Croix schreibt zeitgenössische Liebesromane mit starken Frauen und Alphamännern, die sich nicht scheuen, Gefühle zu zeigen. Ihre Liebe zu schrulligen Kleinstädten und den dort lebenden Charakteren spiegelt sich in ihren Texten wider. Machen Sie einen Spaziergang auf der wilden Seite der Romantik mit ihren Bestseller-Romanen!

jhcroixauthor.com
jhcroix@jhcroix.com

facebook.com/jhcroix
instagram.com/jhcroix
bookbub.com/authors/j-h-croix